Vai vir alguém e outras peças

FÓSFORO

JON FOSSE

Vai vir alguém e outras peças

Organização por
CLAUDIA SOARES CRUZ

Tradução do norueguês por
LEONARDO PINTO SILVA

7 APRESENTAÇÃO
Alguns aspectos da literatura de Jon Fosse
Claudia Soares Cruz

21 Vai vir alguém
97 O nome
207 Eu sou o vento
303 Cada um

APRESENTAÇÃO

Alguns aspectos da literatura de Jon Fosse

"ESCREVER É COMO UMA JORNADA RUMO AO DESCONHECIDO"[1]

Conheci Jon Fosse há quase vinte anos ao traduzir uma de suas peças a partir do inglês. A história se passava "numa casa antiga no alto de uma colina à beira de um fiorde", descrito por um dos personagens como "um dos fiordes mais profundos do país". Passados tantos anos dessa experiência, ao citar esses dois mínimos trechos, ainda sou transportada para aquele lugar, para aquela história, para todas as sensações que vivi durante aquele processo. Essa é a força da escrita de Jon Fosse.

Falar sobre ele é fácil e também bastante difícil. Fácil porque, em se tratando de um autor como ele, há tanto o que dizer que temos a sensação de que basta selecionar alguns aspectos da sua escrita e já se tem um texto sólido. Difícil porque sua escrita é tão rica que nenhum ensaio, nenhum recorte será suficiente para abarcar toda a sua grandeza.

Para me ajudar, então, decidi trazer a voz do próprio autor para dentro desta apresentação e também para introduzir os tópicos aqui abordados. São trechos, frases, pensamentos colhidos ao longo dos anos, em entrevistas e depoimentos, e também de seu discurso ao receber o prêmio Nobel de literatura de 2023.

NYNORSK: "É A MINHA LÍNGUA, SÓ ISSO"[2]

Quando comecei, lá atrás, a pesquisar o autor, me surpreendi com a informação de que ele escrevia em nynorsk, o "novo norueguês". Confesso que até aquele momento eu não sabia que existem duas formas escritas do idioma — além do nynorsk, o bokmål, a "língua dos livros" — e que, além disso, nenhuma das duas é exatamente a língua que se fala no país.

Ainda hoje percebo o quanto essa questão linguística da Noruega é desconhecida no Brasil, e como é complexa. Para conseguir contar um pouco dessa história, voltei às pesquisas que fiz inúmeras vezes ao longo desses anos e recorri ao auxílio de Leonardo Pinto Silva, tradutor das peças que compõem este livro.

Em 1349, a Peste Negra dizimou quase metade da população da Noruega, incluindo a realeza e a maioria das pessoas letradas, o que dificultou a preservação da forma escrita da língua. Em 1397, o país passou ao domínio da Dinamarca e o dinamarquês se tornou a língua predominante na Noruega — missas, leis, literatura, tudo passou a ser escrito em dinamarquês. Mas o norueguês falado continuou a se desenvolver de forma bastante independente, sobretudo nos inúmeros vilarejos e fiordes, isolados das grandes cidades devido à geografia e ao clima inóspito do país.

Mais de quatro séculos se passaram até que, em 1814, a Noruega enfim se libertou do domínio dinamarquês, mas se viu obrigada a fazer uma aliança com a Suécia. Mesmo assim, neste momento o país recupera seu status de nação independente e, junto com isso, emergem os debates sobre a necessidade de padronizar o idioma. Surge então a pergunta: qual forma falada da língua deveria ser consolidada na escrita?

O linguista Knud Knudsen (1812-1895) propõe modificar a ortografia dinamarquesa de acordo com a fala coloquial das classes mais altas, o que dá origem ao riksmål, a "língua oficial", que, em 1929, passa a ser chamada de bokmål, a "língua dos livros". A maioria dos escritores da época, entre eles o dramaturgo Henrik Ibsen, adotaram essa nova ortografia, o que contribuiu para a sua propagação.

Por outro lado, inspirado por ideais nacionalistas e românticos, o filólogo Ivar Aasen (1813-1896) acreditava que deveria haver uma forma escrita da língua que representasse os inúmeros dialetos falados no país. Aasen, então, decidiu viajar por toda a Noruega registrando as diversas variantes, e elaborou outra forma escrita da língua, chamada inicialmente de landsmål, "língua do interior". Assim como o riksmål, em 1929 o landsmål também ganhou um novo nome e passou a se chamar nynorsk, "novo norueguês". Hoje, quase 90% da população de todo o país escreve em bokmål e, em certa medida, pode-se dizer que é essa a forma mais falada também, pois a maioria dos dialetos utilizados se assemelha mais a essa variante do idioma. Embora o nynorsk seja a forma escrita de apenas cerca de 10% da população, todos os noruegueses dominam as duas formas que, nas palavras do tradutor de Fosse, são "inteligíveis sem dificuldades, com poucas diferenças estruturais dignas de nota".

Ao ser indagado se escrever em nynorsk é um ato político, Fosse conta que essa escolha foi muito natural pois "é essa a minha língua, só isso",[3] e acrescenta, "meu dialeto é muitíssimo parecido com a forma escrita do nynorsk".[4]

A ESCRITA: "O QUE NÃO É DITO, É DISSO QUE EU FALO"[5]

Em seu discurso ao receber o prêmio Nobel de literatura, o autor relatou que o que o impulsionara a escrever foi uma experiência assustadora que o pegou de surpresa quando ainda estava na escola. Uma professora lhe pediu que lesse um texto em voz alta, e o medo que sentiu foi tão intenso que ele simplesmente saiu correndo da sala.

O tempo passou e o medo permanecia — "era como se esse medo estivesse roubando a minha linguagem, e eu precisava recuperá-la",[6] e a forma que Fosse encontrou para fazer isso foi a escrita. Seu primeiro texto foi a letra de uma música que havia composto,[7] depois vieram pequenos poemas e pequenas histórias, e com eles uma sensação reconfortante de segurança.

Para o escritor, existe uma enorme diferença entre a língua falada e a linguagem literária, e ele questiona: "se podemos dizer uma coisa de uma forma simples, basta dizer de uma forma simples, para que escrever um poema ou um romance?".[8] O autor diz que a língua que falamos costuma ser informativa e tem a função de comunicar algo, ao passo que a linguagem literária não funciona da mesma maneira, "ela não informa, ela é mais significado do que comunicação, ela tem sua própria existência".[9] E essa linguagem com existência própria cria mundos próprios, ou como propõe o autor, "cada texto que escrevi tem seu próprio universo ficcional, seu próprio mundo".[10] É muito interessante perceber que, embora ele esteja sempre criando novos universos a cada texto que escreve, esses mundos singulares falam de experiências compartilhadas por todos, seja no frio dos fiordes ou no verão dos trópicos. Tratando de temas cotidianos, como a vida em família, a solidão, o amor e a morte, Fosse possibilita que seus leitores, de qualquer lugar e qualquer tempo, se identifiquem com seus personagens, suas angústias e alegrias.

Ele já havia escrito muitos romances e poemas e não tinha nenhuma vontade de escrever para o teatro, até o dia em que lhe encomendaram a cena de abertura de uma peça que faria parte de um programa de fomento à dramaturgia norueguesa. Fosse aceitou o trabalho, mas foi além do que haviam lhe pedido e acabou escrevendo a peça toda. *Vai vir alguém* foi seu primeiro texto para o teatro e ainda hoje é o mais encenado. É essa peça, também, a primeira que você vai ler neste livro, uma vez que optamos por apresentar a dramaturgia do autor seguindo sua cronologia.

A singularidade não está apenas no que Fosse escreve, mas também na relação do autor com o ato em si. Para ele, escrever é ouvir, "quando escrevo nunca me preparo, não planejo nada, apenas ouço. Se tivesse que usar uma metáfora para o ato de escrever, essa metáfora seria ouvir".[11] E ele foi fiel a essa escuta desde o início de sua carreira de escritor. Quando seus primeiros livros receberam críticas bastante negativas, decidiu não dar ouvidos a elas e confiar em si mesmo e em sua própria escrita. Ao passar a receber comentários positivos e prêmios, sua decisão foi manter a mesma postura, "se não dei ouvidos às críticas negativas, também não vou me deixar influenciar pelo sucesso. Vou me agarrar à minha escrita e me manter fiel ao que eu criei".[12]

Essa fidelidade é facilmente percebida na forma como o autor se mantém consistente em suas escolhas ao longo do tempo e também nos diferentes gêneros pelos quais transita. Há diversos aspectos de sua escrita que estão presentes tanto em seus poemas, quanto nos romances e nas peças. É comum ouvirmos dizer que os textos de Fosse são variações sobre o mesmo tema, e há quem diga que o autor conta sempre a mesma história, com seus personagens que se repetem.

Mas isso não deve ser visto como algo negativo, e sim como uma de suas maiores qualidades. É fascinante perceber a habilidade de Fosse para criar histórias diferentes em ambientes quase iguais, com personagens tão parecidos, partindo de premissas semelhantes. Um dos maiores prazeres de ler seus textos é encontrar vestígios de uma peça em um romance, esbarrar com um personagem que sentimos já conhecer, presenciar uma situação que nos parece muito familiar, visitar paisagens por onde já passamos. Me sinto em um jogo, colhendo possíveis pistas deixadas pelo autor, mesmo que, talvez, não seja essa sua intenção. E por mais que essa intertextualidade se faça presente, basta chegar mais perto para perceber as nuances, as sutilezas, as particularidades de cada vida e cada mundo criado pelo autor.

A marca mais característica de sua escrita, além da reiteração de temas e personagens, talvez seja sua relação com o silêncio. Em seus poemas e romances, Fosse vinha buscando formas de expressar o silêncio, de pôr no papel o que não se consegue dizer com as palavras — "Eu tentei dizer o indizível", conta.[13] Em sua primeira experiência de dramaturgo, ele descobriu que, no teatro, "bastava escrever a palavra pausa, e ali estava o silêncio". As pausas que utiliza em sua dramaturgia se assemelham às repetições presentes em sua prosa — "da mesma forma que existe uma fala silenciosa nas peças, existe nos romances uma língua silenciosa por trás da palavra escrita".[14] E conclui: "o que realmente importa é dito por essa língua silenciosa".[15]

Em 2015, Fosse recebeu o prêmio de literatura do Nordic Council por sua *Trilogia*,[16] e ao falar sobre o uso que o autor faz das repetições, o conselho destacou que quando olhamos para elas com mais atenção, "percebemos que a cada vez que as frases são repetidas, elas são usadas de uma forma ligeiramente diferente" e que já não dizem exatamente a mesma coisa, pois o que aconteceu "nesse meio-tempo alterou seu significado".[17] Ali também foi dito que "tudo que Fosse escreve se distingue por uma combinação única de simplicidade e complexidade",[18] e essas colocações descrevem perfeitamente a escrita que temos em mãos. É surpreendente ver como o autor trabalha os contrastes, como combina opostos, como cria cenários complexos e fala de assuntos intensos e profundos com palavras cotidianas. E, assim como todo artista com domínio pleno da sua arte, faz parecer que tudo é muito natural e simples.

"E EU, QUE NUNCA QUIS ESCREVER PARA O TEATRO, PASSEI MAIS DE QUINZE ANOS FAZENDO SÓ ISSO"[19]

O primeiro contato com o teatro de Fosse pode causar estranhamento, seja por suas repetições, seus silêncios, suas falas interrompidas, ou sua forma. Mas esse estranhamento pode ser encarado como um convite. É preciso olhar com calma, observar, mergulhar nessa escrita, se deixar levar pelo que ele propõe. Seus textos têm uma dimensão sensorial bastante característica e perceptível, e quando nos entregamos a ela, seguindo seu ritmo, nos permitindo, não só ouvir suas palavras, mas também senti-las, começamos a escutar a música que Fosse compõe em forma de dramaturgia e a dançar sua dança literária.

Segundo ele, "escrever é encontrar o ritmo certo",[20] e quando lembramos que seu primeiro texto foi a letra para uma música que ele mesmo havia composto, fica mais fácil entender essa sua fala e compreender por que é tão comum traçarem paralelos entre suas peças e a música. Barcos, marés, ondas, frio, vento, casas isoladas, são elementos presentes em inúmeras peças, como o refrão de uma canção conhecida. Nas casas, não raro antigas e precisando de reformas, vivem pessoas solitárias, angustiadas, que sentem, talvez com a mesma intensidade, fascínio e assombro diante da grandiosidade da natureza inóspita e das águas gélidas e profundas dos fiordes. A passagem do tempo marcada pelas estações, as variações do clima, que muitas vezes servem de metáfora para o estado de espírito dos personagens — quase sempre sem nome, com suas vidas prosaicas e suas conversas em forma de poesia, que falam essa língua que não é exatamente a mesma que se escuta nas ruas, e que, como todos nós, se repetem, e falam, e calam.

No teatro de Fosse, nada é aleatório, nada sobra, tudo é preciso (nos dois sentidos da palavra). As repetições, de temas e palavras, a ausência de pontuação nos diálogos, a forma como o autor distribui o texto nas páginas, o uso inconstante de maiúsculas no início de cada linha, todos esses elementos contribuem para imprimir a seus textos teatrais esse ritmo tão peculiar. Mas o recurso mais fundamental utilizado pelo autor nesse sentido é definitivamente a pausa, como ele mesmo reconhece: "A palavra pausa é, sem dúvida nenhuma, a mais importante e a mais usada nas minhas peças — pausa longa, pausa breve, ou apenas pausa".[21]

Fosse diz que "precisa das pausas para ajustar o ritmo" —[22] para um silêncio prolongado, uma pausa longa; apenas uma pausa para uma emoção que não se consegue expressar; para uma breve hesitação, uma pausa breve. Além dessas, surgem, eventualmente, pausas muito breves e pausas muito longas, o que reforça a importância que o autor atribui ao ritmo em sua escrita dramatúrgica. As pausas, continua ele, "podem conter muito ou muito pouco, com elas é possível dizer o que não conseguimos dizer com as palavras ou aquilo que percebemos que não deve ser dito, e elas podem também nos lembrar que, às vezes, a melhor forma de dizer algo é não dizer nada".[23]

Os recursos utilizados para criar ritmo, e que favorecem as analogias entre seu teatro e a música, também dão margem a comparações com a poesia. As peças do autor se assemelham muito a poemas, tanto no que diz respeito à forma, quanto à linguagem empregada nos diálogos. E, como na poesia, conteúdo e forma são igualmente importantes, e se combinam para criar sentidos.

A forma como Fosse faz uso das rubricas é também digna de nota. Suas indicações cênicas podem ser abundantes e precisas como em *Vai vir alguém*, ou nos surpreender, como acontece em *Eu sou o vento*. A peça tem indicações detalhadas, como no momento em que o Um e o Outro, os dois personagens, decidem "tomar um trago": "*O um vai buscar uma garrafa e copos*"; "*O um vai e entrega ambos os copos para o outro, serve a bebida, pega seu copo*"; "*O um devolve a garrafa ao lugar*"; "*Eles brindam e bebem*". Ou quando se aproximam "da terra firme": "*O outro cruza o convés e vai até a popa, apanha a corda*"; "*O outro salta, escorrega, cai, se machuca*"; "*O outro tenta levantar, se firmar em pé, mas sente dores*"; "*O outro arrasta o barco para mais perto*"; "*O outro pula e agarra a balaustrada e consegue escalar até o convés*". A rubrica inicial, entretanto, parece apontar para o caminho oposto dessas indicações cênicas, "*Eu sou o vento se passa num barco imaginário, a bem dizer alusivo, e a ação também é imaginada e não deve parecer explícita, mas alusiva*".

Essa rubrica me remete a uma colocação do autor sobre sua dramaturgia que considero fundamental. Ele diz: "o naturalismo não dá conta da minha escrita. Ela simplesmente desaparece".[24] Suas peças têm um quê de etéreo, quase nada é explicitado, mas sim sugerido, e os diferentes olhares apresentados dos mesmos acontecimentos nos levam a questionar o que é real e o que é imaginado. O autor transita entre o particular e o universal, e passa do cotidiano ao existencial com fluidez, como o vaivém das marés, como os barcos que oscilam, subindo e descendo nas ondas. Sua linguagem rarefeita, composta de palavras simples, mas, ainda assim, capazes de tratar de temas densos, e a ternura com que alguns personagens são descritos, são exemplos de elementos que conferem leveza a seus textos. O ir e vir entre a escuridão do inverno que retrata a dor da solidão e a luminosidade do verão, representada pelas pequenas e tão significativas alegrias da vida, nos faz flutuar. E, seguindo o fluxo das palavras e imagens que vão sendo criadas e lapidadas a cada nova linha, a cada página, vamos sendo embalados por sua música, e conduzidos com suavidade pelos mundos de Fosse.

Como ficará claro ao ler as peças aqui reunidas, o autor não costuma seguir as regras convencionais do drama. Talvez apenas a unidade de lugar, já que muitas de suas peças se passam em uma casa, como em *Vai vir alguém* e *O nome* — ainda que às vezes ela seja descrita em mínimos detalhes, e outras com praticamente nenhum. Mas embora o autor siga essa convenção com frequência, com certeza não o faz para se encaixar em um modelo, e sim porque ele julga ser essa a forma adequada de contar aquela história. A unidade de tempo, por sua vez, é quebrada a todo instante. Passado, presente e futuro se alternam e entrelaçam; momentos de outras épocas são testemunhados no presente; vislumbres do futuro surgem de repente, às vezes na forma de pressentimentos.

Ao ser questionado sobre o significado de uma passagem em seu romance em sete partes *Heptalogia*,[25] Fosse responde rindo: "você pode interpretar de diversas formas. Não cabe a mim explicar — eu sou só um escritor".[26] Creio que podemos dizer o mesmo de suas peças.

Tentar descrever a dramaturgia de Fosse é como querer segurar areia e ver os grãos escorrerem entre os dedos. O melhor é mergulhar logo nos seus textos e navegar por todas as suas dimensões. A seguir, a presente coletânea se inicia com *Vai vir alguém*, que, conforme mencionado, foi a primeira peça que Fosse escreveu e é a mais encenada desde sua estreia, em 1992.[27] Nela, vemos um homem e uma mulher que finalmente conquistam o sonho de viver isolados do mundo. Ela, inicialmente tão feliz, começa logo a questionar a escolha do casal e a pressentir que "vai vir alguém". Ao longo da peça, medo, ansiedade, ciúmes, angústia e outros sentimentos vêm e vão, aumentam e diminuem, se alternam com a vontade de acreditar que vai ficar tudo bem. Não só o estado de espírito dos personagens oscila, mas a casa e o entorno, e também o mar se transforma ao longo da peça.

Já *O nome*, escrita em 1995 e vencedora do prêmio Ibsen norueguês de 1996, conta a história de uma Garota que há anos saiu de casa e se vê obrigada a voltar a morar com os pais. Grávida, ela e o pai de seu filho agora convivem com a família, passando a lidar com questões do passado e com as relações despertadas por sua presença e pela gravidez.[28]

Na terceira peça, *Eu sou o vento*, escrita em 2007, estão presentes praticamente todos os elementos tão recorrentes nos textos de Fosse — barco, frio, medo, mar, ondas. Há também o jogo de contrastes — o rochedo que é bonito e feio, o mar assustador e lindo, um homem leve que navega em um barco pesado. E as comparações e as metáforas e os símiles — "eu sou um muro de concreto que começa a rachar" — que surgem "porque não conseguimos dizer como essa coisa realmente é". Essa peça, de certa forma, ilustra a seguinte colocação de Fosse: "quando não conseguimos dizer alguma coisa de uma forma direta, temos que nos voltar para a literatura".[29]

Depois de passar anos escrevendo só para o teatro, Fosse decidiu que não escreveria mais nenhuma peça, e voltou à prosa. Foram muitos anos assim, até terminar *Heptalogia*, o que o levou a pensar que voltar ao teatro poderia ser uma boa ideia. "Quando acabamos de escrever um livro longo como esse, dá um vazio, e eu pensei, por que não escrever uma peça?"[30] Ele então escreveu mais algumas, inclusive o último texto dessa coletânea. *Cada um* é sua peça mais recente, e teve sua estreia em abril de 2024, em Oslo, depois de o autor ter sido reconhecido com o Nobel. Nela, personagens sem nome se encontram com outros muito parecidos com eles próprios, como se fossem seus duplos, em tempos e lugares indefinidos. Nesse jogo de espelhos, vemos a dor da solidão e a dificuldade das pessoas de se conectarem umas com as outras.

É uma imensa alegria ver este livro materializado, a primeira publicação das peças de Fosse traduzidas diretamente do nynorsk para o português brasileiro por Leonardo Pinto Silva que, com talento e sensibilidade, recompõe a música literária de Fosse. Esperamos que diretores, atores, dramaturgos e outros entusiastas da arte teatral deem o próximo passo e levem as peças aqui reunidas para os palcos, para que nossa alegria seja ainda maior e possamos desfrutar da mesma sensação de felicidade que Fosse sentiu ao ver um texto seu encenado pela primeira vez.[31]

CLAUDIA SOARES CRUZ
Bacharel em teoria do teatro e mestre em artes cênicas pela Unirio, é doutora em estudos da linguagem pela PUC-Rio, sempre com pesquisas sobre tradução teatral. Em 2017, apresentou o trabalho "Jon Fosse's 'A Summer's Day' in Brazil" no Congresso de Tradução Intersemiótica no Chipre.

NOTAS

1. Emiel Roothooft, Remo Verdickt, "A Second, Silent Language: A Conversation with Jon Fosse". *Los Angeles Review of Books*, 31 dez. 2022. Disponível em: <www.lareviewofbooks.org/article/a-second-silent-language-a-conversation-with-jon-fosse/>. Acesso em: 30 jul. 2024.

2. Ibid.

3. Ibid.

4. Jon Fosse, "Interview". *The Nobel Prize*, dez. 2023. Disponível em: <www.nobelprize.org/prizes/literature/2023/fosse/interview/>. Acesso em: 2 ago. 2024.

5. Brian Logan, "Jon Fosse, All The World Love His Plays. Why Don't We?". *The Independent*, 1º maio 2011. Disponível em: <www.independent.co.uk/arts-entertainment/theatre-dance/features/jon-fosse-all-the-world-loves-his-plays-why-don-t-we-2277245.html>. Acesso em: 30 jul. 2024.

6. Jon Fosse, "A Silent Language. Nobel Lecture". *The Nobel Prize*, dez. 2023. Disponível em: <www.nobelprize.org/prizes/literature/2023/fosse/lecture/>. Acesso em: 30 jul. 2024.

7. Id., "Interview", op. cit.

8. Ibid.

9. Id., "A Silent Language", op. cit.

10. Ibid.

11. Ibid.

12. Ibid.

13. Ibid. Não à toa, a Academia Sueca diz que o Nobel de literatura foi concedido a Fosse "por sua prosa e suas peças inovadoras que dão voz ao indizível".

14. Ibid.

15. Id., "Interview", op. cit.

16. Id., *Trilogia*. São Paulo: Companhia das Letras, 2024.

17. Nordic Co-Operation, "Jon Fosse: Trilogien: Andvake. Olavs draumar. Kveldsvævd". Disponível em: <www.norden.org/en/nominee/jon-fosse-trilogien-andvake-olavs-draumar-kveldsvaevd>. Acesso em: 30 jul. 2024.

18. Ibid.

19. Jon Fosse, "A Silent Language", op. cit.

20. Id., "Interview", op. cit.

21. Id., "A Silent Language", op. cit.

22. Id., "Interview", op. cit.

23. Ibid.

24. Brian Logan, op. cit.

25. Jon Fosse, *Heptalogia*. Trad. de Leonardo Pinto Silva. São Paulo: Fósforo, no prelo.

26. Emiel Roothooft, Remo Verdickt, op. cit.

27. No Brasil, em São Paulo, foi montada em 2006 na Sala Experimental do Teatro Augusta sob direção de Alexandre Tenório, com Cristina Cavalcanti, Sérgio Carrera e Marcelo Diaz.

28. *O nome* foi montada no Brasil em 2004 sob direção de Denise Weinberg e produção do Núcleo Experimental do Sesi, em São Paulo.

29. Jon Fosse, "Interview", op. cit.

30. Emiel Roothooft, Remo Verdickt, op. cit.

31. Jon Fosse, "A Silent Language", op. cit.

Vai vir alguém

PERSONAGENS

Ela
Ele
O homem

I

No jardim em frente a uma casa antiga e um tanto dilapidada, vê--se o reboco aparente e janelas quebradas, mas, ainda assim, a casa vazia, encravada no platô de um morro com vista para o mar, exibe sua beleza concreta desgastada pelo tempo. Um homem e uma mulher contornam o canto direito da casa e surgem pelo jardim. Ele é rechonchudo, tem por volta de cinquenta anos, o cabelo um pouco comprido e encanecido, olhos trêmulos e movimentos lentos. Ela tem por volta de trinta anos, é bem alta e forte, com cabelos na altura dos ombros, olhos grandes e gestos ligeiramente infantis. O homem e a mulher caminham ao redor, de mãos dadas, admirando a casa

ELA
Animada
Não falta muito para estarmos na nossa casa

ELE
A nossa casa

ELA
Uma casa bela e antiga

bem distante de outras casas
e de outras pessoas

ELE
Só você e eu sozinhos

ELA
Não apenas nós dois sozinhos
mas nós dois sozinhos e juntos
Ela o encara
A nossa casa
É nessa casa que ficaremos juntos
você e eu
juntos só nós dois

ELE
E mais ninguém
Eles ficam parados admirando a casa

ELA
Enfim chegamos na nossa casa

ELE
E é mesmo uma bela casa

ELA
Aqui estamos diante da nossa casa
Nossa própria casa
onde viveremos juntos
Você e eu sozinhos
nessa casa
em que você e eu ficaremos

sozinhos juntos
Longe de todos os outros
A casa em que viveremos juntos
sozinhos
um com o outro

ELE
A nossa casa

ELA
A casa que nos pertence

ELE
A casa que nos pertence
A casa aonde não virá mais ninguém
Agora chegamos na nossa casa
A casa onde viveremos bem juntos
apoiando um ao outro
Eles continuam a caminhar ao redor da casa

ELA
um pouco preocupada
Mas está um pouco diferente
eu não tinha
imaginado
que seria assim
De repente aflita
Porque vai vir alguém
é tão ermo aqui
que vai vir alguém
Ele continua a admirar a casa, ensimesmado
Na longa estrada até aqui

não vimos uma só pessoa
nessa viagem tão longa
e não cruzamos com ninguém
era só a estrada
e então paramos em frente a essa casa e
mais intensamente
imagine quando escurecer
E imagine quando a tempestade vier
quando o vento
soprar entre essas paredes
quando você ouvir o mar
quando as ondas quebrarem com força
quando o mar estiver preto e branco
e pense no frio que vai fazer nessa casa
com o vento soprando entre essas paredes
e pense em como é afastada das pessoas
no breu que estará
no silêncio que fará
e pense nas rajadas de vento
e nas ondas quebrando
pense como será quando chegar o outono
na escuridão
na chuva e na escuridão
Um oceano tingido de preto e branco
e só você e eu
aqui nessa casa
Tão isolada das pessoas

ELE
Sim tão isolada das pessoas
Pausa
Agora estamos enfim a sós

ELA
um pouco preocupada
Mas não é de todas as pessoas
que queremos nos isolar
Não de todas
Apenas de algumas
não é
Ele fica parado e olha para ela

ELE
Nos afastamos de todo mundo
deixamos todos eles para trás
Ela se detém e olha para ele

ELA
questionando
Todo mundo
Nos afastamos de todo mundo

ELE
Sim de todo mundo

ELA
Mas será que é possível isso
Não estão sempre lá
As pessoas
É possível mesmo se isolar de todo mundo
Não é perigoso

ELE
Mas nós queríamos estar por nossa conta
São os outros

todos eles
que nos afastam um do outro
Todos os outros
Enfaticamente
Tudo o que queremos é estar
junto um do outro
nos apoiando
no lugar
que escolhemos
simplesmente estar sozinhos num lugar
onde possamos viver
Onde você e eu possamos
estar juntos nos apoiando
Apoiando um ao outro
Era isso que queríamos
Só queríamos estar
apoiando um ao outro
Apoiados um no outro

ELA
Mas será que estaremos mesmo sozinhos
É como se alguém mais estivesse aqui
Aflita
Alguém está aqui
Vai vir alguém

ELE
tranquilo
Somos só nós aqui
Ele se vira e se afasta dela, cruza o jardim, contorna o canto esquerdo da casa, para e olha o mar
Não tem ninguém aqui

E ali
aponta
está o mar
Não vai vir ninguém
Ela caminha até ele e fica parada ao lado. Olhando para o mar. Um pouco agitada
E veja como é lindo o mar
A casa é antiga
e o mar é lindo
Estamos sozinhos
E não vai vir ninguém
Ninguém vai aparecer
E lá embaixo está o mar tão lindo
olhe as ondas
repare como as ondas
arrebentam nos rochedos arredondados
lá na praia
onda atrás de onda
e então o mar
ao longe
Até onde a vista alcança
tudo o que se vê é o mar
E também algumas ilhotas
na linha do horizonte
umas ilhotas negras e depois o mar azul e branco
E lá
Pausa
É só isso
Ele olha para ela. Ela abaixa o rosto, aparenta estar assustada. Alerta
Só isso
Um pouco preocupado
Não vai vir ninguém

ELA
Eu estou com essa sensação
de que vai vir alguém

ELE
Nada disso pois estamos sozinhos
não conhecemos mais ninguém por aqui
É só essa casa
E depois o mar

ELA
Mas sempre tem mais alguém
por aqui
Mais intensa
É
alguém está aqui
Vai vir alguém
Eu sei que alguém
vai vir

ELE
Mas estamos sozinhos aqui
Pausa
Finalmente estamos sozinhos
Agora estamos sozinhos
juntos um com o outro
Enfático
E não poderíamos ter ficado
onde estávamos
Tínhamos que partir
queríamos ir embora para algum lugar
E então viemos parar aqui

nessa casa
E agora essa casa é nossa
Animando-se
E agora vamos morar nessa casa
Ele volta a olhar para a casa
Nós decidimos vir para cá
Mais animado
Nós que decidimos
E então viemos
E agora cá estamos
Somos nós que vamos morar na casa agora
nós que decidimos
que viríamos para cá
É nessa casa que vamos morar
Foi isso que combinamos
Agora cá estamos
Agora vamos morar na casa
Ele volta a olhar para o mar
E lá
aponta
está o mar
Infinito e belo
Ela olha para o mar

ELA
Mas não achei
que seria assim
chegar até aqui
Não desse jeito
já nem sei mais o que dizer
Ela olha para baixo. Pausa
O mar é tão vasto

Não achei
que seria assim
Achei que seria bem diferente

ELE
Mas não tínhamos como ficar
lá onde estão os outros
não suportávamos mais
estar lá na companhia dos outros
Só queríamos ficar juntos
Só queríamos estar
apoiando um ao outro
Não queríamos estar onde os outros estão
Temos que morar onde não mora mais ninguém
só nós
e pronto
Nós que quisemos viver aqui
só você e eu
mais alto
juntos e sozinhos
Isolados
Bem longe
de todos os outros
aqui
bem longe
era onde nós queríamos
tanto morar

ELA
Mas aqui é assim tão ermo
E tem essa sensação
de que alguém está aqui sem
que tenha alguém aqui

É como se esse lugar fosse isolado e não isolado
ao mesmo tempo
É como se
interrompe-se

ELE
Casas antigas são assim

ELA
É talvez sejam mesmo
Ele vai e senta num banco velho e escuro rente à parede da fachada.
Ela o acompanha com o olhar
Mas agora está claro
pense no breu que vai vir
no outono
e quando vier o inverno
quando tudo estiver escuro e frio
E mesmo assim não estaremos sozinhos
Porque ainda tem alguém aqui
Contrariada
Tem alguém aqui
Eu sei que tem alguém aqui
E vai vir alguém
Eu sei que vai vir alguém

ELE
Vamos enfim ser um time
agora finalmente seremos
um time
apoiando um ao outro
não estamos lá
onde os outros estão
mas estamos juntos

apoiando um ao outro
Agora estaremos
juntos um com o outro
Juntos um no outro
apoiando
um ao outro
Não tem mais ninguém aqui
Apenas você e eu
agora ficaremos juntos
Quase implorando
Venha aqui sentar comigo
Questionando
Não quer vir
Ela assente com um meneio de cabeça

ELA
Mas tem mais alguém aqui
Vai vir alguém
Desesperada
Nós nunca
vamos conseguir ficar sozinhos juntos
Nós nunca vamos conseguir ficar juntos

ELE
Venha aqui
sente
Acabamos de chegar
Ela vai e senta ao lado dele no banco

ELA
Mas vai vir alguém
eu sei que vai
Eu sinto

que alguém vai vir
alguém não quer
nos deixar ser um time
Vai vir alguém

ELE
Não tem ninguém aqui
Não vai vir ninguém

ELA
alto
Tenho certeza
de que alguém vai vir

ELE
Não

ELA
Eles nunca nos deixam
estar em um time

ELE
Não pense assim agora

ELA
Mas alguém virá
eu percebo isso em mim
Ela levanta, fica na frente dele e abaixa o rosto para encará-lo. Aflita
Vai vir alguém

ELE
Mas nós viemos até aqui

para isso
para ficarmos sozinhos juntos
Não vai vir ninguém
Nós
ele se interrompe, olha para ela com um súbito desânimo. Pausa. Assustado, inquisitivo
Quem é que vai vir

ELA
Simplesmente eu sei
que vai vir alguém
E você também quer que alguém
apareça
Você prefere estar junto
de qualquer pessoa menos eu
Você gosta mais de estar junto de outras pessoas
Vai vir alguém
se entrarmos vai vir alguém
bater na porta
Alguém vai ficar batendo na porta
Vai vir alguém e bater na porta
alguém vai ficar batendo na porta
sem parar
simplesmente batendo
Assim que entrarmos na casa
vai vir alguém

ELE
protestando
Não
Implorando
Será que você não pode ficar sentada aqui
comigo no banco

Consolando-a
Não vai vir ninguém

ELA
Eu sei que alguém vai vir
Eu pressinto
É tão isolado aqui
que vai vir alguém
Alguém vai
Eu sei que vai vir alguém

ELE
Ninguém vai vir
Não vai vir ninguém

ELA
Sempre vem alguém
Alguém vem
Ela vem
Ela vem e
senta
senta ali
olhando você nos olhos
Eu sei
Vai vir alguém
E ela vai ficar sentada ali
com aquele olhar
Ela vai ficar sentada ali
olhando nos seus olhos
sem ser percebida
Eu sei
Vai vir alguém

Ela vai vir
E eu não suporto
Não suporto que alguém apareça
E ela vai vir

ELE
Será que você não pode ficar sentada
aqui apoiada em mim no banco
Ela senta no banco, junto dele. Ele apoia o braço em volta dos ombros dela
Não vai vir ninguém
Nem ela
nem ninguém mais
Agora somos só nós sozinhos
nós dois
juntos um com o outro
Nos apoiando
um no outro juntos
Ela apoia a cabeça no ombro dele
Agora somos apenas você e eu

ELA
Eu e você

ELE
Eu e você

ELA
Mas eu não consigo
dentro de mim eu sinto
que vai vir alguém
Ou talvez até alguém
já esteja aqui

Questionando
Talvez alguém esteja dentro da casa
ansiosa
Ali
você não ouviu
Ela olha assustada para ele, endireita-se no banco. Questionando
Não serão passos
Ele olha para ela, apura os ouvidos
Alguma coisa foi
Será que foram passos
Eu ouvi algo
Ele meneia a cabeça. Questionando
Você também ouviu isso
Ele faz que sim com a cabeça
Você também ouviu
Ele aparenta estar um pouco assustado

ELE
Sim

ELA
Tem alguém aqui
Chegou alguém

ELE
Acho que ouvi passos

ELA
Você está ouvindo alguma coisa agora
Ele balança a cabeça negativamente
Mas alguma coisa eu ouvi
Ela olha em volta, em seguida olha para ele

De novo
Ele levanta, olha para ela

ELE
Foi alguém que chegou
Ele vai novamente até o canto esquerdo da casa, espia em volta, vira, olha para ela sentada no banco, nega com a cabeça

ELA
questionando
Não tem ninguém aqui
De novo ele balança a cabeça. Ele vira na direção do canto da casa, olha para baixo e depois para ela

ELE
Vou dar uma olhada pela casa
Ela assente. Devagar, ele contorna o canto da casa e some de vista. Ela fica sentada no banco, olhando em volta. Então se levanta, vai até o canto da casa onde ele acabou de desaparecer. Ela olha para ele

ELA
em voz alta, questionando
Nada
Não está vendo nada
Nada

ELE
detrás do canto da casa
Não
Ela recua e passa a caminhar pelo jardim

II

Ela atravessa o jardim. E então vê um homem contornar o canto direito da casa. Tem uns vinte e tantos anos, é um homem bastante comum. Ela olha para ele e então abaixa o rosto. Olha novamente para cima e acena para ele. O homem acena de volta. E então o homem vem caminhando na direção da casa a encarando. Ela olha para ele. O homem se aproxima, para bem diante dela

O HOMEM
arrogante, um quê presunçoso
Foi você quem comprou a casa
Ela olha para o homem
Ouvi dizer que alguém
tinha comprado a casa
Só saí para dar uma voltinha
A casa ficou abandonada tanto tempo
que está caindo aos pedaços
E de repente alguém
quis comprá-la
Fui eu que vendi a casa
Queria só ver

quem a tinha comprado
Ela desvia o olhar para o chão
Eu herdei a casa
meus parentes moravam aqui
Mas faz uns anos que
a minha avó morreu
Ela foi a última moradora da casa
Desde então a casa ficou vazia
É meio afastada
e bem antiga
Foi bem difícil de vender a casa
Mas então a casa foi vendida
Achava que não fosse
vendê-la

ELA
Então foi você quem vendeu a casa
O homem confirma com um gesto de cabeça. Pausa. Ela pergunta
Você chegou a morar aqui

O HOMEM
Só o meu pai
Os pais do meu pai moravam
aqui
abre os braços
nessa casa

ELA
É uma casa bem antiga

O HOMEM
É sim
Não sei ao certo

quantos anos tem
Mas que é antiga
isso é

ELA
Uma bela e antiga casa

O HOMEM
Mas eu mesmo
não gostaria de morar aqui

ELA
Não gostaria

O HOMEM
De jeito nenhum essa casa é muito velha

ELA
perguntando
E foi difícil de vender

O HOMEM
Foi difícil sim
Ela vai e senta no banco. O homem fica observando e então vai e senta ao lado dela. Ela olha para o homem

ELA
Você mora aqui por perto

O HOMEM
Não moro tão longe daqui
Pausa. Ele olha para ela, perguntando

E agora é você quem vai morar aqui
Ela assente com um meneio de cabeça
Viver aqui pode ser muito solitário
Ela volta a aquiescer
Não tem muita gente por aqui
não tem quase ninguém

ELA
Não tem muita gente nas redondezas mesmo

O HOMEM
Quase ninguém mora por aqui
Pausa. Ela e o homem sentam com o olhar fixo para frente. Ele vai até o canto esquerdo da casa e espia, e ela não tira o olhar do homem. Então ele recua, endireita o corpo, se apoia na parede, bem no canto da casa. Ali fica com o olhar fixo no chão, sem prestar muita atenção, apenas escutando o que está sendo dito
Mas eu moro aqui afinal
e até que não é tão longe
É perto
O homem ri

ELA
É mesmo

O HOMEM
Eu até que moro perto
O homem olha para ela. Um pouco insinuante
Talvez possamos nos fazer companhia
Ela olha para o homem, balança a cabeça
Oh não fale assim

Não tem muita gente aqui por perto
e não eu não sou lá de se jogar fora
me deixe dizer
Ela mantém o olhar fixo à frente. Pausa. Na lateral da casa ele está inquieto, faz menção de avançar, mas se contém
Pois é eu só vim ver se já tinha
alguém na casa

ELA
Tem sim
O homem olha para ela. Ela olha para o homem

O HOMEM
Eu queria muito saber
quem comprou a casa

ELA
Eu compreendo

O HOMEM
Não é todo dia
que eu vendo uma casa
Gabando-se
E agora estou com o dinheiro

ELA
Está mesmo

O HOMEM
Sim agora tenho bastante dinheiro

ELA
um pouco assustada

Você não mora tão longe daqui
Ela encara o homem

O HOMEM
Não
não é tão longe
Flertando
Você não quer

ELA
interrompendo-o
Não
não
Na lateral da casa ele vai ficando cada vez mais inquieto, então meio que se obriga a caminhar, surge contornando o canto da casa, vai até o jardim e se depara com os dois sentados no banco. Ele para, olha para baixo. Ela olha para ele

ELA
nervosa
Era ele o proprietário da casa
Compramos a casa dele
O homem se levanta, vai até ele. Acelerado
Ele disse que o avô dele morava aqui
Hesitando, vira-se para o homem
Não é verdade

O HOMEM
Sim meu avô também morou aqui
Mas ele morreu
há muito tempo
Não me lembro do meu avô
Mas a minha avó morou aqui

até recentemente
até morrer
O homem para diante dele
Vim só dar um alô
Ele fica parado olhando para o chão

ELE
Acabamos de chegar

O HOMEM
Vocês ainda devem estar
se ambientando
O homem olha para ele
Mas eu posso voltar
mais tarde
E mostrar a casa para vocês

ELA
rapidamente
Tem mais gente morando
aqui perto
quero dizer
O homem vai até ela, balança a cabeça, fica parado diante do banco

O HOMEM
Não exatamente na vizinhança
Quer dizer espere
hesitando
só eu
O único sou eu
Ela olha para baixo. Pausa. O homem vai pelo jardim
Volto daqui a pouco
então

Talvez eu possa convidar vocês para um drinque hoje à noite
Porque agora estou com dinheiro
O homem ri brevemente. Ela e ele assentem com a cabeça para o homem, que retribui com um aceno de mão, e então contorna o canto direito da casa. Ele se aproxima e senta no banco, na outra extremidade, o mais distante possível dela. Ele mantém o olhar fixo no chão. Ela o observa discretamente com o canto do olho. Pausa longa

ELE
um pouco trêmulo
Foi você quem pediu para ele sentar
no banco
perto de você não foi

ELA
Não não

ELE
Foi ele quem veio e
simplesmente sentou
Ironizando
Do nada ele veio sem mais nem menos
e sentou
do seu lado no banco
Ela olha fixamente para frente
Vai ver era um desejo oculto seu
que você deixou transparecer
Pois então venha sentar aqui
bem perto de mim
Foi isso que você disse
mas sem dizer
como sempre faz

ELA
Pare já com isso
Estou muito assustada

ELE
Não você não fez nada
Você nem olhou nos olhos dele
Ríspido
Você ficou o tempo todo olhando nos olhos dele
Ou foi só
justo quando eu cheguei
que você resolveu olhar
Ele balança a cabeça resignado

ELA
Por favor não faça assim
Estou tão assustada

ELE
mais agitado
Ou foi só quando eu cheguei
que você meio que
se inclinou na direção dele

ELA
Eu não me inclinei na direção dele

ELE
Pois foi o que eu vi
com os meus próprios olhos
Eu vi você se inclinando na direção dele
Num tom mais conciliatório
Eu vi isso

ELA
meio decepcionada
Eu não fiz isso

ELE
Você gostou dele

ELA
Nem gostei nem desgostei
dele

ELE
Você gostou dele

ELA
Sim eu gostei dele de certa forma
Ele levanta e caminha pelo jardim

ELE
Eu vi você sentada aí
com esse olhar
E ele pelo visto esperou que eu contornasse a casa
para então
vir
ao jardim
poder conversar
a sós com você
Ele balança a cabeça resignado
E ainda disse
que vai voltar
Ele respira fundo, aflito
Ele sempre vai voltar

Ele se aproxima novamente e senta no banco, um pouco mais perto dela
Ele mora sozinho aqui
um sujeitinho pretensioso
Que nunca
vai deixar eu e você
juntos em paz
Ele olha para ela
Quer dizer que foi dele que compramos a casa
Ele levanta
Que merda
E foram os parentes dele que moraram
na casa onde vamos morar agora
Ele olha para ela aflito
A casa onde agora nós teremos que morar
Mais calmo
E você aí sentada olhando
nos olhos dele
sem tirar os olhos dos olhos dele
Mais ríspido
Se insinuando para ele no banco
Ele olha para frente. Pausa
E esse sujeito vai vir de novo
Ele vai vir de novo
Ele vai vir
Ele passa a andar de um lado para o outro no jardim. Pausa. Calmamente
Você sabia que alguém viria
De alguma maneira eu sabia também
Só que não quis acreditar
E você sabia o tempo todo
Ele para, olha para ela. Ríspido

Você queria que ele viesse
É da boca para fora que você diz
que não queria que alguém viesse
mas na verdade
não tem nada que desejasse tanto
Ele balança a cabeça frustrado

ELA
calma e a meia-voz
Agora trate de se acalmar
Ele continua a andar de um lado para o outro no jardim
Agora pode se acalmar
Pausa. Afetando otimismo
Precisamos entrar e conhecer a casa
Ele continua a caminhar em círculos pelo jardim. Ela fica em pé. Implorando
Não vamos entrar
na casa

ELE
Alguém tinha que vir
Ela vai até ele, o segura pelo braço

ELA
Venha vamos
entrar na casa
Ele olha para ela

ELE
Não quero morar aqui
Aflito
Não quero ficar aqui

ELA
consolando-o, um pouco assustada
Vamos entrar

ELE
Você tinha mesmo que olhar nos olhos dele
Ele se desvencilha dela, vai e senta no banco, apoiando os cotovelos no joelho e o rosto nas mãos. Nitidamente aflito
Não não não
Ela vai sentar junto a ele no banco

ELA
Afetando otimismo
Vai dar tudo certo
Ele olha para ela. Pausa

ELE
sendo muito sincero
Gosto tanto de você
Ele passa os braços em volta dela, a abraça e depois a olha nos olhos. Ela o envolve nos braços e começa a balançá-lo suavemente

ELA
Eu e você
Ela dá um beijo na testa dele

ELE
Eu e você

ELA
Eu e você
Ele olha para ela, abatido

ELE
Sempre vai vir alguém

ELA
consolando-o
Fique calmo agora
Somos você e eu
e você sabe como é

ELE
Sim vamos ficar calmos

ELA
E agora vamos entrar na nossa casa
Ele endireita o corpo

ELE
Vamos entrar
Ele levanta do banco. Ela fica em pé. Eles se dão as mãos e caminham rumo à porta da frente

ELA
olhando para ele
Acho que a chave está com você
Ele para, apalpa o bolso, assente com a cabeça. Tira a chave do bolso. Eles vão até a porta da frente. Ele destranca a fechadura e abre a porta para ela. Ela entra. Ele segue atrás, fecha a porta ao passar, ouve-se ele passar a chave e conferir se a porta está realmente trancada

III

Ela surge pela porta da cozinha e entra num cômodo amplo, comprido e antiquado. Ele vem atrás dela e fecha a porta ao passar

ELA
olha entusiasmada para ele
Olha que mesa grande e bonita essa da cozinha
aponta para uma mesa de madeira branca que atravessa a cozinha desde a parede mais interna
podemos fazer nossas refeições aqui
sentados um de frente para o outro
podemos sentar e comer
Ela olha para ele
Vamos sentar
Ela vai e senta numa das cadeiras de madeira desgastadas enfileiradas junto à mesa da cozinha. Ele vai atrás, senta diante dela num banco de madeira, igualmente gasto, que está do outro lado da mesa, encostado na parede
E assim estaremos durante muitas manhãs
Pois agora esta é a nossa casa
E aqui ficaremos só nós dois juntos

juntos um do outro
juntos nos apoiando
Apoiando um ao outro
E aqui mais ninguém virá

ELE
Sim só nós dois juntos

ELA
Eu e você

ELE
Eu e você
Ele levanta, vai até a janela da cozinha, localizada bem no meio do aposento que dá para o jardim, espia lá fora, em todas as direções. Pausa

ELA
Viu alguma coisa

ELE
Não
Ele vira para ela
Acho que não
interrompe-se

ELA
O que foi

ELE
Não nada

ELA
entusiasmada
Olhe esse velho fogão
Ela aponta para o fogão. Ele assente com a cabeça
E essa geladeira antiga
Ela aponta para a geladeira
Acho que nunca tinha visto
uma assim tão velha
Me admira que ainda funcione
E essas cortinas aqui
E esse cheiro de coisa velha
Ele olha em volta do aposento
É aqui que viveremos
Compramos a casa
compramos tudo isso
E agora estaremos juntos
sozinhos
juntos um com o outro
E aqui mais ninguém virá
Ele volta a olhar pela janela. Ela olha para ele, ainda não inteiramente convencida
Estaremos juntos
Mais convencida
Só você e eu
Mais ainda
Ninguém mais
Inteiramente convencida
Não vai vir ninguém
Ele continua a olhar pela janela

ELE
em voz baixa
Lá vem ele de novo

ELA
Está falando sério
Ele olha ansioso pela janela

ELE
Acho que era ele

ELA
Ele acabou de ir embora
Ele olha para ela

ELE
Sim mas tenho quase certeza
de que era ele
Ali no jardim
Bem ali
interrompe-se

ELA
Não pode ser ele
Ele volta a olhar pela janela

ELE
Mas acho que era
ele sim
Ela vai até a janela, se detém junto dele e o abraça pelas costas, olha para fora
Eu vi alguma coisa
só pode ser ele
Ela olha para ele de relance

ELA
Quer que eu vá lá fora ver

Ver se ele está lá
Ele olha aflito para ela, com o olhar assustado

ELE
Não
Ela olha para baixo. Resignada
Você só pensa nele
Não quer ficar junto
comigo
só fica pensando nele

ELA
um pouco assustada
Deixe de bobagem
está bem
Pausa
Você sabe que não é assim
Pausa
Você mesmo pode ir lá fora
Pausa. Afetando otimismo
Ou podemos dar uma volta
e conferir as relíquias
que existem aqui na nossa casa
Que tal a gente fazer isso

ELE
Mas tenho certeza de que eu vi
Pssst
Ele fica parado escutando. Ele olha para ela. Sussurrando, pergunta
Ouviu alguma coisa
Ela nega com a cabeça. Um pouco mais alto
Nada

De novo ela balança a cabeça. Ele volta a olhar pela janela. E então batem na porta. Ele olha para ela assustado. Ela olha para ele com os olhos arregalados de pavor. Ele balança a cabeça, então senta outra vez no banco. Ela vai sentar na cadeira. Novamente batem na porta, mais forte dessa vez. Eles sentam em silêncio e se entreolham

ELA
sussurrando
Não vamos abrir
Ele balança a cabeça negativamente. Enfática
Ele que fique lá
Ele concorda com a cabeça. Novamente batem na porta
Ele pode ficar lá
batendo
Não precisamos abrir
Afinal a casa é nossa
só precisamos abrir para quem quisermos
Ele apoia os cotovelos na mesa da cozinha, esfrega as mãos no rosto
Não temos que abrir e pronto
Pausa
Só vamos abrir para quem quisermos
Ele afasta as mãos do rosto, as apoia na mesa e olha para ela

ELE
Nunca vamos poder ser um time
E disso você sabia muito bem
que alguém poderia vir
Novamente batem na porta

ELA
inquisitivamente
Temos que abrir

ELE
Você bem que gostaria que abríssemos
Você quer de verdade
interrompe-se

ELA
Não precisamos abrir
Eles ficam sentados olhando um para o outro
Você acha que ele já foi embora

ELE
Talvez
Pausa
Ou talvez esteja simplesmente esperando lá fora
De pé no jardim
Talvez ele esteja
do outro lado da porta

ELA
Acho que ele já foi
Enfática
E não vai
mais voltar
Ele ficará dias e dias
afastado
e então jamais
voltará a pôr os pés aqui

ELE
feliz
Você acha mesmo
Ela assente com um meneio de cabeça

ELA
pouco feliz
Venha vamos para a sala
Porque agora ele se foi de verdade
Ele bateu na porta
mas não abrimos
E agora ele se foi
Ele foi embora

ELE
Talvez ele tenha mesmo ido

ELA
Eu sei que ele foi
E então podemos ir para a sala
Ela o segura pelo braço. Ele levanta. Ela o arrasta na direção da porta da sala

IV

Eles vão, ela o arrasta pelo braço, e entram numa sala de estar antiga, com painéis de madeira amarelados revestindo as paredes

ELA
Vamos dar uma volta
e conferir tudo
que houver na sala

ELE
meio decepcionado
Mas ele está lá
do outro lado da porta
de pé esperando
não vai demorar e ele vai bater de novo

ELA
Acho que ele já foi embora

ELE
corajoso

Pois ele que fique lá
Porque a porta está trancada

ELA
Ele pode ficar lá o quanto quiser
Ela olha ao redor da sala
E até que é bem agradável aqui
A sala é muito aconchegante
Olhe só todas essas fotografias penduradas nas paredes
Os dois percorrem a sala com os olhos
Quase tudo aqui é
como devia ser
há anos e anos
Ela olha em volta com interesse, parando diante de um retrato de uma moça pendurado na longa parede em frente
Essa foto aqui
na parede
apontando
deve ser ela
que morou aqui antes de nós
a avó
interrompe-se, olha para ele de relance
Aqui
apontando
bem aqui
está vendo aqui na parede
essa moça
na foto
deve ser ela
a tal avó
quando jovem

Ela solta o braço dele, vai até o retrato e para diante dele. Ele fica parado onde está. Ela admira o retrato. Pausa
Ela devia ser muito bonita

ELE
Meio resignado
E agora ele deve estar lá fora
Ele vai bater na porta
Aflito
E por que você não disse antes
que alguém iria vir
Ela vira para ele

ELA
Ele que fique lá o quanto quiser
Ele olha para baixo

ELE
Você também deve achar
que ele é bonito
Ele até se parece um pouco com a avó

ELA
Não se parece nadinha
com ela
Ele ri. Ela vira novamente para o retrato

ELE
Você se lembra muito bem
da aparência dele
Ele vai até o retrato e o examina de perto. Ele olha para ela. Ironizando

Eu acho que ele até se parece um pouco
com a avó quando era moça
Pausa
E agora ele está perambulando pelo jardim
Ela torna a caminhar pela sala. Ele se vira na direção dela
O que você acha
Ele se parece ou não com ela

ELA
Não sei

ELE
Você viu o rosto dele tão de perto
Ela finge não ouvir, continua olhando ao redor da sala

ELA
Ali
olhando para a foto de um casamento pendurada na parede à esquerda
é uma foto do casamento
apontando
Ali
deve ser do casamento
Espontânea
E o noivo também era muito bonito
Ela vai até a foto do casamento, se aproxima, a examina demoradamente. Ela vira para ele. Como se chegasse a uma conclusão
Os dois eram lindos
Ele assente, se aproxima e fica ao lado dela
Faziam um belo par
E casaram muito jovens

ELE
pouco interessado
Acho que ele se parece um pouco
tanto com a avó quanto com o avô
Mas os dois estão muito jovens
nessa foto

ELA
Sim são bem jovens
hesita um instante
talvez não tenham mais do que vinte anos

ELE
Ela talvez seja mais jovem ainda

ELA
A realidade deles
era bem diferente da nossa

ELE
Você não está tão velha assim

ELA
Mas também já não sou mais
tão jovem
Ela passa o braço em volta das costas dele, o abraça de lado. Pausa.
Ela olha para ele
Mas fico feliz
porque nós dois
encontramos um ao outro
Demorou muito para conhecer alguém
com quem junto

eu pudesse sossegar
Pausa
Sossegar um com o outro
Juntos apoiando
um ao outro
É exatamente isso
É exatamente isso que queremos
Queremos sossegar
um com o outro

ELE
E nós sossegamos
um com o outro
Ela assente. Pausa. Ele se afasta dela, vai até a longa parede, ao lado do retrato está a fotografia da cerimônia de confirmação de um menino, ele para diante do retrato. Ele olha para ela. Um pouco irônico
Aqui tem uma foto dele
vestindo terno e gravata
Pausa. Hesitando
É estranho que ele
não tenha recolhido
essas fotos pessoais
depois que vendeu a casa

ELA
Sim é muito estranho
Ele vai e abre uma porta, na parede menor à direita da sala, ele espia para dentro de um quarto

ELE
olhando para ela

E aqui é o quarto dela
hesitando
Ali
a velhinha dormia
Tem cheiro de velho
Cheira a mijo velho
A coisa abafada e imunda
E a tinta está descascando
A cama está desarrumada
Ele entra no quarto. Ela se afasta e para diante da foto da confirmação. Ele grita do quarto
E debaixo da cama tem um penico
cheio de mijo apodrecido
Não é possível uma coisa dessas
Ela continua olhando a foto da confirmação. Chocada
Olhe só se não é um penico
cheio de mijo velho
debaixo da cama
Não é possível uma coisa dessas

ELA
um pouco alheia
Um penico cheio
de mijo velho

ELE
do quarto
Vamos já tratar de jogar isso fora

ELA
Tem tanta coisa que precisa ser feita
aqui
nessa casa

ELE
do quarto
Nunca deveríamos
ter comprado essa casa

ELA
Não sei ao certo
Ele volta para a sala, fecha a porta do quarto ao passar, olha para ela. Ela continua de pé olhando a foto da confirmação. Ela desvia o rosto da fotografia e olha para ele. Volta a olhar para a foto. Distraída
Um penico cheio de mijo velho debaixo da cama
Ele assente, vai até um sofá, rente à parede menor à esquerda, debaixo da foto do casamento. Ele deita de costas no sofá e olha para frente. Ela vai, abre a porta e entra no quarto. Do quarto
Mas que coisa
Não
não é possível
E cheira a mofo e a coisa velha
E a cama está uma bagunça
Parece que as cobertas
nunca foram trocadas
hesitando
ela deve ter morrido deitada aqui

ELE
Certamente ela morreu
nessa cama
nessas cobertas
Ela volta para a sala, fecha a porta do quarto ao passar

ELA
Você acha mesmo

ELE
Você sabia que alguém
iria vir
Você sabia
Ela vai até a janela da sala, mais à direita da longa parede, e mais adiante estão o retrato e a foto da confirmação. Ela se endireita e olha pela janela, em direção ao mar

ELA
quase como se estivesse entediada
E ali está o mar
Só o mar
E não tem ninguém aqui
Só consigo vislumbrar o mar
Nada mais

ELE
Você não consegue ver ninguém

ELA
Só o mar

ELE
Só o mar então
Mais animado
É tão bom
ver apenas o mar
Dá uma sensação de segurança
Você e eu
e lá fora o mar
É assim que tem que ser
Você e eu e o mar
E ninguém mais aqui

Só você e eu e o mar
Mais ninguém

ELA
Mas o mar é tão imenso
E não tem ninguém à vista
Nem uma única casa
Só o mar
Ele vira no sofá, fica deitado de costas para ela, olhando para a parede. Pausa
Não fique triste
Venha cá
Ela vai até o sofá, deita atrás dele, o abraça forte pelas costas. Consolando-o
Só você e eu
E depois o mar
Eu e você e o mar
Não precisa ficar triste
Porque eu vou cuidar de você
Não tenha medo
Você vai ver
que tudo vai dar certo
Nada de ruim
vai acontecer
Eu e você vamos ficar juntos
Agora estaremos juntos
o tempo inteiro
Eu e você
vamos ficar juntos
Ninguém mais vai estar aqui
Só eu e você
E a casa que é velha

e bonita
E nós que nos isolamos de todo mundo
E agora vamos ficar juntos
tendo um ao outro somente
juntos se apoiando
vamos sossegar e ficar um com o outro
agora vamos ficar juntos
só eu e você
Eu e você
Apoiando-se juntos
Pausa. Ele vira no sofá, na direção dela, olhando para ela

ELE
assustado
Você escutou
Estou ouvindo alguém lá fora
Ele está lá fora
ele está lá
bem em frente à janela

ELA
tranquila
Não estou ouvindo nada
Só o seu coração
batendo
Estou ouvindo agora que você está assustado

ELE
Estou ouvindo
passos muito nítidos
Estou ouvindo que tem alguém
lá fora

Ele não foi embora então
não
Ele está lá fora dando voltas pela casa
Ambos ficam deitados escutando

ELA
meio resignada
Pelo jeito tem alguém lá fora
Então ele não foi embora
E agora fica dando voltas em torno da casa
voltas e mais voltas
Pausa
Mas isso não há de ser nada
Não é nada
tão grave assim
o fato de ele estar lá fora
dando voltas ao redor da casa
Convincente
Não é nada assim tão grave
Suave
Porque agora estamos eu e você
apoiando um ao outro
Aflita
Agora estamos juntos
apoiando
um ao outro

ELE
assustado
Ele não para de andar em volta da casa
Estou ouvindo muito bem ele andando sem parar
E logo mais ele vai parar no meio do jardim

Não vai mais embora
só vai ficar vindo e vindo
de novo e de novo
ele vai vir
Ele senta na beira do sofá. Ela senta ao lado dele. Ela olha apavorada para ele

ELA
aflita
Será que ele sempre
vai vir
Ele sempre vai vir
Como você pode dizer uma coisa dessas

ELE
Ele disse que estava indo
mas não foi
Simplesmente ficou lá
Ele sempre vai vir

ELA
Mas não é possível
Ele disse que nos deixaria
sozinhos para nos ambientarmos
Ele disse que iria embora
Só mais tarde
é que ele voltaria
Depois que nos ambientássemos

ELE
Mas agora ele voltou
Demonstrando certa coragem
Mas a porta está bem trancada

ELA
Tem certeza
de que tem alguém
lá fora
Ele faz que sim com a cabeça

ELE
ainda corajoso
Eu posso ir lá fora verificar
Ele levanta, vai até a cozinha, volta, olha para ela desanimado. Sussurrando
Ele está lá no jardim
Eu vi
da janela da cozinha

ELA
Mas ele disse que iria embora
Ela olha assustada para ele. Pausa
Tem certeza de que
tem alguém lá
Ele assente com a cabeça. Ele vai até o sofá, senta ao lado dela, olhando para ela

ELE
acusando
Agora lá vem ele de novo
E a culpa é toda sua
que foi ser simpática com ele
assim que chegamos
Você é a responsável por isso
Eu vi direitinho
Aflito

Eu vi bem o jeito como
você olhou nos olhos dele
Achando que
eu não vi você
olhando nos olhos dele
E eu ouvi muito bem
você perguntando se ele morava
longe daqui
Ouvi muito bem

ELA
Onde ele está

ELE
Eu disse que ele
estava parado no jardim

ELA
apressada
Deixe estar
ele pode muito bem
ficar lá
Ele que fique lá o quanto quiser

ELE
Foi você quem pediu para ele
voltar até aqui

ELA
Não
Foi ele quem falou
que viria

eu não disse nada
Quem disse
que voltaria
em breve
foi ele

ELE
E agora ele está aqui
Batem na porta. Ele levanta e olha para ela assustado. Ela olha para ele. Pálida de desespero
Não quero nem topar com ele
Eu vou
Ele olha para a porta do quarto
Vou para o quarto
Aponta para a porta do quarto
Não quero nem ver esse sujeito
Ele olha para ela suplicando
Se alguém for abrir a porta
vai ser você

ELA
duvidando
Tem certeza
Tem certeza de que é para abrir a porta
e que eu vou ter que fazer isso
Ele assente

ELE
Eu não estou a fim
Não quero ver gente
Não quero ver
ninguém vindo aqui

Pausa breve
Mas nós teremos que abrir
Você que vá abrir a porta

ELA
perguntando
Então eu abro
Novamente batem na porta

ELE
Se alguém tiver que abrir
será você
que vai abrir a porta
Eu não quero abrir
Eu não quero nem ver a cara desse sujeito
Eu sabia que alguém viria
Batem de novo na porta, agora mais forte

ELA
perguntando
Temos que abrir
Ele dá de ombros. Batem ainda mais forte na porta. Ela olha para ele
Você tem certeza
de que temos que abrir
Temos que abrir
Novamente batem na porta

ELE
Ele não vai parar de bater
Então o jeito vai ser abrir

ELA
perguntando
E eu que tenho que abrir para ele
Batem de novo na porta. Ela vai para a cozinha, deixando a porta aberta ao passar. Ele vai para o quarto, fecha a porta ao passar, volta a abrir, entra outra vez na sala. Ele deita no sofá, com o rosto voltado para a parede, as mãos cruzadas atrás do pescoço e os joelhos dobrados encostados na parede

V

*Ela levanta e mantém a porta da cozinha aberta para o homem,
que fica parado no vão espiando a cozinha*

O HOMEM
Achei que não custava nada
vir mostrar a casa para vocês
E então eu trouxe
o homem ergue uma sacola diante de si, as garrafas tilintam
uma coisinha
Você sabe que agora eu tenho dinheiro
O homem meio que sorri
Nunca tive tanto dinheiro assim
O homem ri
Pois sim agora eu tenho dinheiro
Por sua causa
O homem entra na cozinha, olha para ela. Ela fecha a porta. O homem passa por ela e senta no banco da cozinha. Pausa
Sabe como é
eu conheço muito bem
essa casa

como se fosse a palma da minha mão
cada canto e cada recanto
Pausa. O homem põe a sacola sobre a mesa. Ela vai e para em frente à janela da cozinha, apoia o peso do corpo no pé direito, de modo que o quadril se projeta discretamente na direção dele. Ela olha pela janela. Ele olha para o quadril dela
Passei muito tempo
quando eu era pequeno
nessa casa
sabe
Eu costumava passar muito tempo aqui
Pausa
Será que você não vai
me trazer um copo
Ela olha para ele

ELA
Eu não sei
onde estão os copos
Ele aponta para o armário com portas de correr fixado na parede, atrás da fileira de cadeiras. Ela olha para ele
Onde

O HOMEM
Naquele armário
ainda apontando. Ela vai e abre a porta do armário, vê copos, xícaras e demais louças meticulosamente arrumados no armário
Pois é foi o jeito vender a casa
com tudo o que tinha dentro
Eu não saberia
o que fazer
com tanta tralha
afinal

Talvez ela não gostasse
nem um pouco
a minha velha avó
Ele ri
Mas é assim
que é a vida
você vai acumulando coisas
e então morre
e outras pessoas têm as próprias coisas
e para elas suas coisas
quase não têm valor
É simplesmente assim

ELA
perguntando
Um copo
Ele assente

O HOMEM
E um para você
porque você também vai querer
beber um pouquinho
não vai
Ela faz que não com a cabeça
Então você não vai beber nada
Ele tira uma garrafa de cerveja da sacola e a apoia diante de si na mesa da cozinha. Ele olha para ela com malícia
Não vai beber nada
Ela faz que não com a cabeça. Ele abre a garrafa e a põe de volta sobre a mesa. Ela pega um copo do armário e o põe na frente dele. Ela vai e novamente fica diante da janela, de novo admirando a paisagem. Ele olha para ela

Nada para você então
Ela olha para ele e balança a cabeça. Ele serve um pouco da cerveja no copo, a espuma transborda. Ele olha para ela
Sente um pouco
Não pode vir aqui sentar um instante
e conversar comigo
Ele dá um gole, a cerveja escorre pela boca, ele não tira o olhar dela
Não quer nada
Não quer se sentar
Ele põe o copo sobre a mesa. Pausa. E então diz emocionado
Pois aqui a minha avó
costumava sentar todas as manhãs
Foi nessa casa que ela
passou a maior parte
dos seus dias
Quase sempre sozinha
E agora ela se foi
Pausa
Pois é
Pausa. Ele olha para o quadril dela. Ela continua a olhar pela janela
Ela viveu sozinha
nessa casa
a minha avó
durante tantos e tantos anos
Faz muito tempo
que meu avô morreu
Ela devia se sentir muito solitária
Mas reclamar ela nunca reclamou
não
Deve ter se sentido muito solitária justamente
porque não mora

tanta gente por aqui
Ele cai na risada. Pausa
O que você fez com o seu marido
Ela olha para ele

ELA
O que eu fiz com o meu marido

O HOMEM
Sente aqui
e tome um golinho
Converse um pouco comigo
Ela vai e senta bem na frente dele, na cadeira. Ele põe a garrafa de cerveja diante dela. Ela faz que não com a cabeça. Ele fica absorto. Sussurra
A minha avó
Sentimental
Ela era uma boa pessoa
Ela sempre foi boa comigo
Ele toma um gole
A minha avó
Pausa. Ele olha para ela
Vocês pagaram muito pouco por essa casa
Foi uma pechincha
Tudo o que ela possuía na vida
era essa casa
e o que tinha dentro da casa
E eu herdei a casa
Vocês têm muito a me agradecer
Ele sorri. Pausa
Ou será que pagaram
caro demais pela casa

Ela fica praticamente no meio do nada
E está caindo aos pedaços
Talvez tenham pagado caro demais pela casa
Ele cai na risada
Nada disso a casa foi um verdadeiro achado
saiu barato demais
Você deveria me agradecer
Estou lhe dizendo
você devia era me agradecer
Ela levanta
Mas será que você não pode sentar
e conversar comigo
Só um pouquinho
Ela fica ao lado da mesa da cozinha olhando para ele
Agora não
Talvez outra hora
Talvez possamos nos encontrar noutro lugar
Eu moro aqui perto
Podemos muito bem nos ver
Ou
Ele ri
vamos nos esbarrar por aí de qualquer maneira
Afinal não tem mais gente na vizinhança
que você possa encontrar
mas a mim você pode encontrar
Então se quiser companhia
ele toma outro gole
então se quiser companhia
é só vir
a hora que quiser
pode ir me visitar
E pode telefonar

Porque tem um telefone nessa casa
e eu tenho telefone também
Aqui
Ele tira uma caneta e um pedaço de papel do bolso da jaqueta
Aqui
vou anotar o meu número
e você pode me ligar
Pode me ligar
Quando quiser
não importa o horário
Ele apoia o papelzinho sobre a mesa, se inclina e rabisca atabalhoadamente o número do telefone. Ela fica do outro lado da mesa só observando. Ele olha para ela, segura o papel e lhe entrega. Ela recebe o papel. Ela tira uma carteira do bolso da jaqueta, a abre e enfia o papelzinho lá dentro. Ele sorri e faz um meneio de cabeça para ela
É só ligar então
E agora você tem o número
E você deve guardá-lo bem
aí onde o guardou agora
Ele sorri para ela e em seguida olha para o tampo da mesa. Ela vai novamente até a janela da cozinha, remexe o corpo sem encontrar uma posição, apoia as mãos no peitoril da janela, espia lá fora. Ele pega o copo, bebe o resto da bebida, devolve o copo à mesa. Ele pega a garrafa de cerveja, põe a tampa de volta no lugar e enfia a garrafa na sacola. Levanta
Então é só me ligar
A qualquer hora
pode ligar
E devo lhe dizer também
que não sou de se jogar fora
Ele atravessa a cozinha e para ao lado dela, que ainda está olhando pela janela. Ela permanece olhando para frente, através da janela.

Pausa
Muito bem então
eu só vim dar uma passadinha
Vocês têm muito o que fazer
Posso voltar mais tarde hoje
ou posso vir outro dia
E você pode me ligar quando quiser
Agora já sabe onde me encontrar
E vai me ligar não vai
Ele caminha na direção da porta da cozinha. Ela vira, olha para ele. Ele vira, olha para ela
Estou indo então
e mais tarde
eu volto
Ela assente para ele. Ele abre a porta da cozinha, sai, fecha a porta ao passar. Ela fica parada olhando pela janela

VI

Ela vai para a sala. Ele está deitado no sofá, ainda com o rosto voltado para a parede e os joelhos dobrados. Ela vai e senta na beira do sofá. Ele continua na mesma posição, virado para a parede. Pausa longa

ELA
tranquila
Agora ele já foi
Pausa. Mais alto
Não ouviu o que eu disse
Agora ele já foi
Pausa. Sussurrando
Está dormindo
Ela põe as mãos no ombro dele, o sacode
Ele foi embora
Agora ele já foi
Ele olha para ela com um olhar sombrio. Assustado
Qual é o seu problema
Ele volta a olhar para a parede
Qual é o seu problema

Agora ele já foi
Você e eu estamos sozinhos agora
Novamente ela o sacode pelos ombros
Diga alguma coisa
O que aconteceu
Ela se debruça sobre ele e o envolve nos braços
Qual é o seu problema
Meu amor
qual é o seu problema

ELE
falando para a parede
Está satisfeita
Finalmente
Está satisfeita

ELA
aflita
Como assim
Eu fiquei assustada

ELE
Você conseguiu o que queria
enfim
Pausa. Ela recolhe os braços, levanta, caminha pela sala. Ele olha para ela. Irônico
Você é muito esperta
Você é realmente muito esperta
Claro que aqui é um lugar muito ermo
Isso eu sei muito bem
Entendo

ELA
Não faça assim
Eu estou assustada

ELE
Eu entendo
Eu entendo muito bem

ELA
O quê

ELE
Você tinha que fazer assim

ELA
meio irritada
O quê

ELE
Que horas você vai ligar para ele

ELA
Eu não vou ligar

ELE
E por que então aceitou o papelzinho
com o número que ele lhe deu

ELA
Eu tive que aceitar
O que mais eu poderia fazer
Ele me deu

ELE
Ah é
E você aceitou de bom grado
Eu compreendo

ELA
Como assim

ELE
Por que você enfiou
o papelzinho na sua carteira

ELA
Eu não fiz isso

ELE
Ah não

ELA
Como é que você sabe
que eu fiz isso

ELE
Eu sei muito bem como são essas coisas
Consigo perceber no seu tom de voz
Sei muito bem como é
Ela vai para a cozinha e deixa a porta aberta ao passar. Pausa.
Ele se endireita na beira do sofá, fica sentado olhando para o chão.
Completamente imóvel
Eu sabia que
alguém ia vir
Ele levanta, vai até a janela da sala, fica contemplando o mar

E lá embaixo está o mar
com todas as suas ondas
o mar
branco e preto
com suas ondas
com suas profundezas
suaves e escuras
Ele ri sozinho
E nós só queríamos
ser um time
Ele gargalha. Pausa. Ele caminha até a cozinha

VII

Ele sai pela porta da frente, vai até o canto direito da casa, procura por ela, vai até o canto esquerdo, tenta encontrá-la. Ele caminha de um lado para o outro no jardim

ELE
Não ela não vai ligar
Logo mais ela estará de volta
E então ficaremos sozinhos
Sempre estaremos
juntos se apoiando
ficaremos
apoiando
um ao outro
Ele vai até o banco e senta. Apoia os cotovelos nos joelhos e descansa a cabeça nas mãos. Olha fixamente para frente
Juntos se apoiando
Apoiando um ao outro
Ele ri cruamente. Pausa longa. Ela surge caminhando pelo canto esquerdo da casa, olha para ele com ternura. Ele olha para ela, olha para baixo. Ela vai e senta ao lado dele no banco. Pausa longa. Cortina

O nome

PERSONAGENS

A garota
O garoto
A irmã
A mãe
O pai
Bjarne

I

Luzes. Uma garota, bem jovem e grávida, está sentada num sofá

A GAROTA
Será que ele não poderia mesmo
ter vindo comigo
Ele não dá a mínima
Eu bem que
interrompendo-se. Ela se recosta, tenta encontrar uma posição confortável, mas não consegue e senta novamente
Ele não dá a mínima para nada
Ela levanta, vai até uma janela, admira o crepúsculo
Mas agora ele já deve estar chegando
Pausa breve
Por que ele não veio junto comigo
Precisei tomar um ônibus sozinha
só porque ele
interrompendo-se. Pausa breve
E minha mãe que não para de falar
e de ficar reparando em tudo
O meu pai não consegue dormir ela diz

E agora eu vou ser avó
ela diz
A garota olha em volta da sala, vai até um aparador, pega uma fotografia, olha para ela
Eu não era
uma criança bonita
Ela ri brevemente
Essas fotos ridículas
Ela põe a fotografia de volta no lugar. De novo, vai até a janela e fica parada olhando lá fora. Pausa. Batem na porta. Ela apoia as mãos na barriga
E é óbvio que ele não quer ser visto junto comigo
Pausa breve. A garota fica parada apenas olhando pela janela. Mais uma vez batem na porta, desta vez mais forte. Então ela sai pela porta do corredor à direita e dali ouve a porta da frente sendo aberta. Ela volta para a sala, vai e senta no sofá. Pouco depois entra um garoto, mais ou menos da mesma idade dela, carregando uma bolsa e uma mala. Ele põe a bolsa e a mala no chão, tira o casaco e o larga no espaldar de uma poltrona. Ele olha para ela

O GAROTO
cautelosamente
Não estava conseguindo encontrar a casa
Pausa breve
Quando finalmente consegui
e bati na porta
ninguém veio abrir
Ri brevemente
Daí comecei

A GAROTA
interrompendo-o

Aham
Pausa

O GAROTO
assente, caminha um pouco pela sala, olha em volta
Então foi aqui que você cresceu

A GAROTA
Foi sim
Pausa. O garoto vai e senta numa poltrona. Nova pausa

O GAROTO
É bonito aqui

A GAROTA
É sim
Nova pausa
Mas você poderia ter vindo
junto comigo
já que achou tão bonito assim
Pausa breve

O GAROTO
Mas eu não vim

A GAROTA
interrompendo-o
Parece até que não quer ser visto comigo
Pausa breve

O GAROTO
Seus pais não estão em casa

A GAROTA
A minha mãe está sim
Só saiu para fazer compras

O GAROTO
levanta, olha em volta da sala
Então quer dizer que foi aqui que você cresceu

A GAROTA
Não quero ficar aqui
Me irrita tanto ficar aqui

O GAROTO
É que
interrompendo-se

A GAROTA
E você poderia se importar
um pouco mais comigo
Eu posso dar à luz
a qualquer momento
E aí tive que viajar para cá sozinha
enquanto você
interrompendo-se. O garoto perambula e examina os objetos pela sala
Não quero ficar aqui

O GAROTO
Você ligou para a sua mãe avisando que vinha

A GAROTA
Não suporto isso aqui
E estou para dar à luz
e você poderia se importar um pouco com isso

O GAROTO
É muito bonito aqui fora
A natureza tão bem preservada
Os rochedos
A urze
E o vento
E lá atrás das ilhas está o mar aberto

A GAROTA
É

O GAROTO
E a casa dos seus pais é muito bem localizada
bem protegida atrás desse rochedo enorme

A GAROTA
meio contente
A gente chama esse rochedo de Morrote

O GAROTO
Ah é

A GAROTA
E quando a tempestade chegava com força
nós costumávamos ir lá para o topo
O vento soprava tão forte
que mal conseguíamos ficar em pé

O GAROTO
Que tal irmos até lá mais tarde

A GAROTA
Podemos ir sim
Pausa. O garoto para em frente ao aparador e pega a foto da garota quando criança

O GAROTO
olhando interrogativamente para a garota
É você
A garota assente

A GAROTA
Eu não era uma criança bonita
Ela ri brevemente. O garoto devolve a foto ao lugar, vai até a janela, contempla a paisagem. Pausa
E acho que provavelmente não
interrompendo-se

O GAROTO
olha para a garota
Então a sua mãe saiu para fazer compras
Perguntando
No supermercado ali embaixo
perto da parada do ônibus
A garota assente com a cabeça. Perguntando
A sua mãe usa muletas

A GAROTA
Já lhe contei isso

várias vezes
Mas você nunca presta atenção
ao que eu lhe digo

O GAROTO
Então foi ela quem eu vi
Cruzei com ela de carro
Ela estava descendo a estrada
E eu vinha dirigindo na direção contrária

A GAROTA
Com certeza era ela

O GAROTO
perguntando
E o seu pai

A GAROTA
Como sempre está trabalhando
Pausa breve
Mas já deve estar voltando para casa
O garoto vai até a foto de um casamento pendurada na parede, acima do aparador, olha para ela

O GAROTO
perguntando
São seus pais
A garota assente com a cabeça

A GAROTA
Não sei por que

mandaram emoldurar essa foto
Eles só sabem brigar
E também não lembro dessa foto estar pendurada aí
Pausa breve
Com certeza foi coisa da minha irmã
Ela quer dar a impressão de que as coisas vão bem

O GAROTO
Ah
Pausa. Ele se endireita e olha para outra foto pendurada na parede. Perguntando
É a sua irmã

A GAROTA
A mais velha

O GAROTO
Não é a que mora aqui
A garota balança a cabeça negativamente. Pausa
E o seu pai
está no trabalho

A GAROTA
Aham
Pausa
Mas já deve estar voltando
Ele fica até mais tarde trabalhando
E quando chega em casa
está sempre cansado
O garoto assente

O GAROTO
Ah
Pausa
E a sua mãe
interrompendo-se
Quer dizer ela
interrompendo-se de novo

A GAROTA
resignada
Você nunca ouve
Só fica aí
Quando eu lhe conto alguma coisa
você nunca me dá ouvidos

O GAROTO
Dou sim
desconversando. Pausa
A sua irmã
Também já vai chegar

A GAROTA
Como vou saber
Pausa breve
Ela deve estar chegando

O GAROTO
A sua mãe
parece estar bem

A GAROTA
Como é que você sabe

O GAROTO
Se foi ela que eu vi
então

A GAROTA
Sim não tem nada de errado com ela
A garota apoia as mãos na barriga

O GAROTO
Ele está chutando
Ela assente com a cabeça

A GAROTA
Ele

O GAROTO
Sim o bebê

A GAROTA
Você acha que é um menino
Ele encolhe os ombros
Eu acho que é um menino

O GAROTO
Nunca cheguei a conhecer a sua família

A GAROTA
Nem eu a sua

O GAROTO
rindo
É verdade

A GAROTA
Pausa breve. Irritada
Mas eu não suporto estar aqui

O GAROTO
Mas é só para
interrompendo-se. Pausa
Sua mãe já está vindo

A GAROTA
Como vou saber
Ela deve estar no supermercado
conversando com alguém
Ela sempre puxa conversa com alguém

O GAROTO
Estou com um pouco de fome

A GAROTA
Vamos comer quando o meu pai chegar em casa

O GAROTO
Falta muito ainda

A GAROTA
Não
A porta da frente é aberta, ouvem-se passos

O GAROTO
olha para a garota, um pouco assustado
Alguém chegou
A garota assente. Perguntando

É o seu pai
A garota dá de ombros, os dois olham para a porta do corredor que é aberta e uma garota um pouco mais nova, a irmã, entra, ela acena para o garoto

A IRMÃ
olha para a garota, surpresa
Você está aqui
Que legal
E olhe como você está grande
Ela se aproxima e passa os braços em volta do pescoço da garota. Senta ao lado dela
Como você está enorme
Mamãe falou que você estava grávida
Mas não mencionou que você estava com esse barrigão todo
Ela ri. Perguntando
Já deve estar para dar à luz então
A garota assente. Perguntando
E você chegou agora
Eu não sabia que estava vindo
Perguntando
Acabou de chegar então
A garota assente
Mas olhe só que barrigão
Perguntando
Posso pôr a mão
A garota assente. A irmã toca na barriga da garota. Pausa breve
Não estou sentindo nada

A GAROTA
meio feliz
Quando ele chuta

dá para sentir direitinho
Mas agora ele não está chutando

A IRMÃ
E ele costuma chutar

A GAROTA
Bastante

A IRMÃ
Mas como você está enorme
Está mesmo parecendo que vai dar à luz
a qualquer momento
Aliás o Bjarne mandou lembranças

A GAROTA
segredando
Bjarne

A IRMÃ
É
Pausa breve
Encontrei com ele na lojinha
Ele mandou um alô para você
Ele disse para você dar uma passadinha lá
quando estivesse por aqui
É só ir não precisa avisar antes ele disse
e repetiu

A GAROTA
O.k.

A IRMÃ
Eu mencionei que você estava grávida
Ri discretamente
Eu não sabia se era para ter dito
Já que o nosso pai não sabe
Quer dizer acho que nem você sabe disso
mas a mamãe não contou ao papai
que você está grávida
Ela disse que não iria contar

A GAROTA
Ele não comentou nada

A IRMÃ
um pouco confusa
Não comentou sobre o quê

A GAROTA
Sobre eu estar grávida

A IRMÃ
Perguntando
O Bjarne
Não claro que não
Ri um pouco. Pausa breve
Ele mencionou alguma coisa sobre você ter dado de novo
A garota e a irmã riem

A GAROTA
meneando com a cabeça em direção ao garoto
E ali está o pai da criança
Ri brevemente. O garoto e a irmã levantam, apertam as mãos, voltam a sentar

Ele acabou de chegar
Ainda não foi apresentado à mãe

O GAROTO
Fui sim

A GAROTA
olhando para a irmã, rindo
Sim ele deve ter cruzado com ela
na estrada

A IRMÃ
de repente
Vamos jogar cartas

A GAROTA
Não estou a fim

A IRMÃ
olha para o garoto, perguntando
Eu e você
Ele encolhe os ombros. Pausa. Ela ri brevemente, olha para o garoto
Acho uma grande bobagem
que a mamãe ainda não tenha contado ao papai
que você vai ter um filho
Ele vai tomar um susto
E o papai anda tão calado esses dias
E com a mamãe é quase impossível conversar
Ela está ficando maluca
Começa a rir
Vive aprontando uma atrás da outra

Diz as maiores barbaridades
Ela não era assim

A GAROTA
Ela sempre foi assim

A IRMÃ
E o papai como sempre
fica mudo
Ele dorme muito pouco à noite
De madrugada já está de pé
Mas vai para a cama cedo
Ele diz que só fica deitado na cama
Não consegue pegar no sono
ele diz

A GAROTA
Ah é
Pausa breve
E o Bjarne está do mesmo jeito

A IRMÃ
Exatamente igual

A GAROTA
olha para o garoto
Um amigo de infância
Eu costumava ir bastante à casa dele
Ficar com ele e com o irmão
Fazíamos festinhas lá
Ouvíamos música

Ele e o irmão
interrompendo-se
Já contei a você sobre ele
O garoto assente. Ela ri brevemente
Mas você nunca presta atenção
ao que eu digo mesmo
Pausa breve

O GAROTO
Faz tempo que você não fala com ele

A GAROTA
Uns dois anos eu acho

A IRMÃ
Eles são completamente loucos
o Bjarne e o irmão
A porta da frente é aberta, ouvem-se passos. O garoto olha para a garota

A GAROTA
para o garoto
Não se assuste

A IRMÃ
Deve ser a mamãe chegando

A GAROTA
olha para a irmã
Ela foi ao supermercado
A irmã assente, a porta do corredor é aberta e uma senhora idosa

entra na sala, um dos pés está quase paralisado e ela caminha com dificuldade apoiada em muletas

A MÃE
Ora ora mas quem está aqui
Querem saber da novidade
Ela começa a rir. Cumprimenta o garoto com a cabeça, olha para a garota
Sabem o que ouvi dizer
lá no supermercado

A IRMÃ
faz um meneio de cabeça para o garoto, olha para a mãe
É o namorado da Beate
A mãe cumprimenta novamente o garoto

A MÃE
Sabem o que eu ouvi dizer
Com a mão livre ela dá um tapinha na coxa

A GAROTA
resignada
Ai ai
Pausa
Você não vai cumprimentar
interrompendo-se
Você ainda não foi apresentada a ele certo
A mãe olha para o garoto, ele levanta, eles se cumprimentam apertando as mãos, o garoto fica parado ao lado da mãe

A MÃE
Me disseram que

A GAROTA
levanta
Já sei o que você vai dizer
A mãe olha para a garota, um pouco magoada, então olha para o garoto, balança a cabeça, dá meia-volta bem devagar e vai até a cozinha, fechando a porta ao passar. Pausa

A IRMÃ
um pouco inquieta
Vamos jogar cartas

A GAROTA
Mas que coisa

A IRMÃ
um pouco zangada
Qual é o seu problema
Só fiz uma pergunta
Pausa. O garoto levanta, vai e abre a bolsa, tira de lá um livro
Foi só uma pergunta
Não falei nada de mais
O garoto senta na poltrona, abre o livro
Foi só uma pergunta
Qual é o seu problema
Por que você é desse jeito

A GAROTA
Sei sei

A IRMÃ
levanta. O garoto ergue os olhos do livro

Não sei por que você está reagindo assim
Eu estava só perguntando
A irmã sai pelo corredor e bate forte a porta ao passar. O garoto olha para a garota e então retoma a leitura. Pausa breve

A GAROTA
Agora você está vendo direitinho como é a minha família
O garoto ergue os olhos do livro, assente com a cabeça, volta a ler
Era assim que você imaginava que eles eram
Ela ri brevemente

O GAROTO
ainda lendo
Era
desconversa

A GAROTA
Sempre essa bagunça
O papai trabalhando
A mamãe perambulando pelo supermercado
jogando conversa fora com as pessoas
tentando ser engraçada
A garota olha para o garoto
Será que você não pode prestar atenção
O garoto ergue os olhos do livro
Você não dá a mínima
Nunca escuta quando eu falo com você
Você
interrompendo-se

O GAROTO
A que horas seu pai chega

A GAROTA
Não deve demorar muito
Pausa breve
Ele já deve estar
interrompendo-se

O GAROTO
Eles parecem legais

A GAROTA
Você não dá a mínima mesmo
A mãe volta para a sala, da cozinha, vai até a outra poltrona, senta com dificuldade, olha para a garota

A MÃE
E agora logo mais você também vai ser mãe

A GAROTA
sucintamente
É

A MÃE
É fazia muito tempo que não nos víamos
A garota assente

A GAROTA
E não foi por falta de motivo

A MÃE
E agora logo mais você vai ser mãe
A mãe ergue a muleta, cutuca o ombro da garota

A GAROTA
Que engraçado
Morri de rir
A mãe recolhe a muleta, suspira
Você não ia contar uma coisa
que tinha ouvido falar no supermercado
A mãe suspira novamente
Uma coisa engraçada
A mãe olha resignada para o garoto, balança a cabeça. Pausa. O garoto volta a se concentrar no livro. A garota diz quase aos prantos
Ninguém dá a mínima
A mãe se esforça para levantar da poltrona, sai pelo corredor, fecha a porta ao passar, ouve-se uma porta sendo aberta e depois fechada. Pausa. A garota olha para o garoto
Você vai ficar sentado aí lendo tempo todo
Você não se importa com nada mesmo
A garota tenta levantar, mas sente dores e volta a sentar

O GAROTO
suspirando
Vou sim

A GAROTA
Você não dá a mínima não é

O GAROTO
Se você está dizendo
Pausa breve. De repente irritado
Pois então pode
interrompendo-se

A GAROTA
como se perguntasse
Ir para a casa do Bjarne
O garoto dá de ombros
Ele se importa tanto quanto você
Que só fica aí lendo
Quase aos prantos
Você só fica aí

O GAROTO
Ai ai
A garota levanta, caminha um pouco pela sala enquanto o garoto continua sentado lendo o livro, então ela vai até a porta do corredor, o garoto levanta, também caminha pela sala, ouvem-se passos subindo a escada à direita, o garoto vai e senta no sofá, se acomoda e se concentra no livro, depois de um instante a irmã surge pelo corredor. O garoto ergue os olhos do livro, olha para a irmã

A IRMÃ
Ela saiu
O garoto assente
Ela é desse jeito
Às vezes fica assim
Às vezes ela é tão
A irmã balança novamente a cabeça, em seguida vai sentar ao lado do garoto no sofá. Pausa
Não sei por que ela é assim
Ela sempre foi assim
Não é porque está para dar à luz
Ela é assim
Pausa breve
Mas depois ela volta a ser gente boa

E ela é muito gente boa
Olha para o garoto
Ela pode ser muito legal também

O GAROTO
assente
É

A IRMÃ
Não entendo por que ela é assim

O GAROTO
Nem eu

A IRMÃ
Às vezes ela fica assim
O garoto assente
Claro que você já deve saber
Pausa breve
Não acho que eu gostaria de ter filhos com ela
Ela ri brevemente

O GAROTO
Nem eu
A irmã começa a rir
Mas ela geralmente é gente boa

A IRMÃ
É

O GAROTO
Você conhece a sua irmã melhor do que eu

A IRMÃ
Ela é bem gente boa

O GAROTO
É
Pausa. A porta da frente é aberta, ouvem-se passos. O garoto olha para a irmã

A IRMÃ
É o papai chegando
Só de ouvir eu sei que é ele chegando
O garoto volta a olhar para o livro. Pausa. A porta do corredor se abre e o pai entra, ele tem entre cinquenta e sessenta anos, parece saudável e forte, mas cansado e reservado. O garoto levanta, mas o pai finge que não o viu, em vez disso cumprimenta a filha com um aceno de cabeça e então senta numa poltrona, ainda ignorando o garoto, e em seguida pega um jornal da mesinha de centro, lê rapidamente as manchetes, suspira, o garoto volta a sentar no sofá, folheia o livro

O PAI
dirigindo-se à irmã
Mais um dia que termina
Suspira. Perguntando
Sua mãe já foi deitar

A IRMÃ
Acho que sim

O GAROTO
tenta dizer algo
Talvez ela

A IRMÃ
interrompendo-o
Não ela está deitada
Para o pai
Ela foi até a vila
Meio entusiasmada
Mas a Beate está em casa

O PAI
olhando para a irmã
A Beate

A IRMÃ
assente
Chegou hoje
De repente

O PAI
Ah é
Será que saiu

A IRMÃ
Não sei
O pai assente. A irmã olha para o garoto
É o namorado da Beate
O pai assente de novo, olha para o garoto, volta a olhar para o jornal. Pausa. O pai levanta, se espreguiça, caminha pela sala. O garoto passa a ler o livro

O PAI
Ai ai
olha para a irmã

Então a Beate chegou
Fazia tempo que ela não vinha aqui
Pausa breve
Acho melhor eu comer alguma coisinha
Ele vai até a janela, olha lá fora. Pausa. Caminha pela sala, balançando a cabeça resignado

A IRMÃ
Parece que a mamãe ouviu um zum-zum-zum hoje
quando estava no supermercado

O PAI
Mas é claro que ouviu

A IRMÃ
Ela acabou de ir deitar

O PAI
Mas é claro que foi
Pausa breve
Pois bem eu vou comer alguma coisa
O pai vai até a cozinha, fecha a porta ao passar

A IRMÃ
olhando para o garoto
Vocês já tinham se visto
Ele ergue os olhos do livro, balança a cabeça
Não tinham
De novo balança a cabeça. Pausa

O GAROTO
Primeira vez

A IRMÃ
Tudo aqui é essa bobajada
Não é possível
Ela tira um pacotinho de balas do bolso
Quer uma
O garoto assente, ela entrega o pacotinho e ele pega uma bala
O que você está lendo

O GAROTO
Ah é esse
interrompendo-se

A IRMÃ
Ah sim
Ri um pouco
Parece bem chato

O GAROTO
sorri
E é

A IRMÃ
Eu nunca leio nada

O GAROTO
Antes eu também não lia

A IRMÃ
Eu ia muito mal na escola

O GAROTO
Eu também

A IRMÃ
Mas mesmo assim você ainda lê

O GAROTO
É
Pausa breve

A IRMÃ
O que você quer ser

O GAROTO
Nada
Ele ri brevemente

A IRMÃ
Eu também não sei o que quero fazer
Pausa breve
E agora você vai ser pai
Ela ri brevemente

O GAROTO
É

A IRMÃ
Está animado
Ele balança a cabeça
Não está animado
Ele balança a cabeça novamente
E você é bem jovem
Ele assente
Vocês dois são jovens

O GAROTO
É

A IRMÃ
Vai ser legal
ter filhos

O GAROTO
É com certeza
Mas
interrompendo-se

A IRMÃ
E não sei o que vou fazer da vida
Qual curso frequentar
essas coisas

O GAROTO
Faça o que tiver vontade

A IRMÃ
Mas eu não sei qual é a minha vontade
Ela ri

O GAROTO
Deve ter alguma
A porta da cozinha se abre e o pai entra. O garoto volta a olhar para o livro

O PAI
para a irmã
Foi bom engolir alguma coisa

O trabalho me deixa faminto
Pausa breve
Então a Beate está em casa hoje
olha para a irmã. Pergunta
E agora foi dar uma voltinha lá fora
Já deve estar voltando
Faz tempo que não nos vemos
Isso faz
Vai ser bom reencontrar ela
O pai vai e senta novamente na poltrona, outra vez pega o jornal e na mesinha, um estojo de óculos, põe os óculos e folheia o jornal

A IRMÃ
pega o pacotinho de bala, oferece ao pai
Quer uma

O PAI
Não obrigado
Pausa breve, ele olha para a irmã
Você sabe onde a Beate está

A IRMÃ
Não
Pausa breve. A irmã olha para o garoto, depois levanta, vai até a janela, endireita o corpo e olha para fora, o garoto ergue os olhos do livro na direção do pai que está concentrado lendo o jornal

O PAI
enquanto ainda mantém os olhos no jornal
Ai ai
O garoto volta a atenção para o livro
Ai ai ai

O pai larga o jornal, levanta, o garoto continua sentado lendo o livro e o pai começa a caminhar pela sala. Então se dirige à irmã
Quer dizer que ela já foi se recolher
Ela voltou a sentir dores hoje

A IRMÃ
Acho que sim

O PAI
Pois muito bem
O pai para e olha para o garoto que está sentado lendo
Quem é ele mesmo
O garoto levanta os olhos

A IRMÃ
É o namorado da Beate
Eu já não lhe disse

O PAI
Ele está lendo

A IRMÃ
Sim

O PAI
Pois bem
E já comeu alguma coisa

A IRMÃ
para o garoto
Você já comeu
O garoto assente

O PAI
para a irmã
Então a Beate veio
junto com ele

A IRMÃ
Acho que sim
Pausa. O pai vai e outra vez senta na poltrona, pega o jornal, folheia, a irmã vem e senta com o garoto no sofá, ele continua sentado lendo. O pai olha para a irmã

O PAI
Essa é a mala dele

O GAROTO
olha para o pai, assente
É

A IRMÃ
Eu posso levar a mala para o corredor

O PAI
Não por minha causa

O GAROTO
Deixa que eu levo

O PAI
olha para a irmã
Você não sabe onde a Beate está
Ela balança a cabeça

A IRMÃ
Já disse que não sei
O pai dobra o jornal, levanta, vai até a janela e espia lá fora. Pausa. A porta do corredor se abre e a mãe entra, equilibrando-se nas muletas. O pai olha para ela

A MÃE
para o garoto
Precisei deitar um pouco
Meu pé está doendo
Eu fico cansada logo
O garoto assente com a cabeça
A Beate não está aqui

A IRMÃ
Ela saiu

O PAI
para a mãe
Eu comi uma coisinha

A MÃE
para o garoto
É horrível envelhecer
isso eu posso dizer
Mas também não estou tão velha
assim
Ela ri
É só a minha saúde que anda falhando
Pausa breve
Mas você é tão magrinho
Tem certeza de que não quer comer alguma coisa

O GAROTO
Sim

A MÃE
Tão magrinho assim
Pausa
Posso preparar alguma coisa gostosa para o jantar

O PAI
para a mãe
Eu cruzei com o Sverre

A MÃE
Na cidade

O PAI
Sim
Acho que ele não estava exatamente sóbrio
Estava com um aspecto horrível

A MÃE
Que nem você então
Ela ri

O PAI
Não acho que ele esteja trabalhando

A MÃE
Ele não está mais no navio
então

O PAI
Acho que está sim

A MÃE
para o garoto, perguntando
Você tem irmãos
O garoto balança a cabeça
Pais

O GAROTO
Sim

A MÃE
Nossa como você é magrinho
Ela ri, vira para a irmã
Cadê a Beate

A IRMÃ
Sei lá
É a quinta vez que você me pergunta

A MÃE
olhando afirmativa para o pai
Ela não teve um dia bom hoje
a Beate

A IRMÃ
Um dia péssimo você quer dizer
Pausa breve. O garoto fecha o livro, apoia-o na mesinha de centro, fica em pé, pega o casaco e o coloca no braço, levanta a mala e sai para o corredor, fechando cuidadosamente a porta ao passar. Pausa breve

O PAI
Quem é esse aí

A IRMÃ
O namorado da Beate

A MÃE
Eu preciso lhe contar uma coisa
interrompendo-se. O pai vira e olha pela janela. Pausa breve. A mãe começa a rir
Então

O PAI
olha para a mãe
Pode contar

A MÃE
Não vamos esperar mais um pouco

O PAI
Quando foi que ele chegou

A MÃE
Ele e a Beate chegaram hoje

O PAI
Sim isso eu já entendi
Até quando eles vão ficar aqui

A MÃE
Não sei

O PAI
O que ele faz

A IRMÃ
Não sei

O PAI
Provavelmente não deve fazer nada
Pausa breve. Ele olha para a mãe
De onde ele é

A MÃE
Não sei
Ela começa a rir

O PAI
Sei bem como é esse tipinho

A MÃE
Ele parece ser gentil

O PAI
Gentil é

A MÃE
É sim

O PAI
Ele vai morar aqui também

A MÃE
Claro que vai

O PAI
Ele não tem um emprego

A MÃE
Não sei

A IRMÃ
Ele parece gente boa

O PAI
ironicamente
Sim ele é gente boa

A IRMÃ
olha para o pai
Ei

O PAI
O que foi
Pausa breve. Ele vai até a cozinha

A MÃE
para a irmã
Você sabe alguma coisa sobre ele

A IRMÃ
balança a cabeça
Mal trocamos umas palavras

A MÃE
Ele não é de falar muito

A IRMÃ
É

A MÃE
baixinho
Mas ele é mesmo o pai da criança

A IRMÃ
Acho que sim

A MÃE
Que bom

A IRMÃ
Também acho
Pausa

A MÃE
Estou cansada demais para cozinhar hoje
Pausa breve
Agora a dor está voltando
Ela faz uma careta
Acho que preciso voltar
para a cama
Ouvem-se passos pesados no corredor, subindo as escadas
O papai deve estar indo descansar um pouco
Ela ri. Pausa breve
Acho que preciso deitar também
Você se vira para comer então

A IRMÃ
Eu posso preparar algo para mim
Mas você não vai querer nada

A MÃE
Não estou com tanta fome

Você
coma algo então
Pode requentar alguma coisa

A IRMÃ
É pode ser
Pausa breve
Mas eu também não estou com tanta fome
assim

A MÃE
rindo
Vai ver porque andou comendo muita porcaria

A IRMÃ
Eu posso preparar algo gostoso para o jantar

A MÃE
Sim podemos fazer isso
Pausa breve. Perguntando
A Beate já foi deitar

A IRMÃ
Acho que sim
A irmã vai para a cozinha. A mãe fica sentada um instante, então se firma em pé e cambaleia até o corredor, ouve-se uma porta sendo aberta e fechada em seguida. Pausa. Apagam-se as luzes

II

Luzes. Pausa. O garoto volta para a sala, olha em volta, dá a impressão de querer se desculpar por ter vindo. Ele vai e senta no sofá, depois pega o jornal, dá uma olhada nas notícias, olha em volta da sala. Ele levanta, olha lá fora, onde já está completamente escuro, depois vai de novo olhar as fotografias sobre o aparador e as que estão penduradas na parede. Enquanto isso, ouve alguém chegar. Ele volta a sentar no sofá, pega o livro e o folheia. Ele ergue o rosto novamente, olha ao redor da sala. Ouvem-se passos, a porta do corredor se abre e a garota entra

A GAROTA
sorrindo timidamente para ele
Pelo visto hoje não é
o meu dia
O garoto olha para ela
Acho que não
interrompendo-se

O GAROTO
Sim

A GAROTA
Onde está todo mundo

O GAROTO
Não sei
Pausa
Fui só dar uma voltinha
Cheguei e não tem mais ninguém aqui

A GAROTA
Acho que foram descansar
Pausa breve
E a minha irmã deve ter ido até a lojinha
Ri um pouco. O garoto assente com a cabeça. A garota olha para ele, sorri
Estou me sentindo melhor agora
O garoto volta a assentir. A garota vai e senta ao lado dele no sofá. Ele olha para o livro. Pausa

O GAROTO
Seu pai está em casa

A GAROTA
Você falou com ele

O GAROTO
assente
Isso lá é jeito de falar
Acho que ele não gosta de mim
E pelo jeito você também não
Você quer que eu vá embora
A garota olha para ele

Pode dizer
Se quiser que eu vá embora
é só me dizer

A GAROTA
Não
Tranquila
É tudo o que eu menos quero
Um pouco resignada
Mas você não se importa comigo
Para você tanto faz
Pode estar aqui ou não
Para você dá no mesmo
Pausa breve
Você nunca se importou comigo
Eu tive que viajar para cá sozinha
Mesmo sabendo como eu estava angustiada
de vir para cá e encontrar meus pais
Eu não suporto estar aqui
Pausa breve
Agora mesmo eu estava me sentindo muito bem
mas vai começar tudo de novo
Ela suspira

O GAROTO
O seu pai não gostou nada de mim

A GAROTA
Ele não tem nada contra você
Ele só é assim mesmo

O GAROTO
Eu posso ir embora sem problemas

A GAROTA
respirando fundo
Muito bem então se você preferir
De repente
Está esperando o quê
Você não quer saber de mim
e pelo jeito
não vai querer saber do bebê
Pode ir

O GAROTO
resignado, tranquilo
Precisamos mesmo agir dessa maneira

A GAROTA
É você quem é assim
Eu estava bem feliz agora mesmo

O GAROTO
Sim claro você é sempre tão legal e gentil

A GAROTA
Pelo menos eu me importo com você

O GAROTO
Não podemos parar com isso

A GAROTA
Você nunca se importou comigo

O GAROTO
Está bem então eu nunca me importei
Pausa
E agora precisamos estar aqui
E não acho que
interrompendo-se

A GAROTA
Pode falar diga

O GAROTO
Tudo bem

A GAROTA
Foi você quem quis
interrompendo-se

O GAROTO
Para algum lugar nós tínhamos que ir

A GAROTA
Exatamente
irônica
E agora você já conheceu os meus pais e
Ela ri brevemente. Pausa
Eles são do jeito que você imaginava

O GAROTO
Não sei dizer

A GAROTA
Você sempre fala que não sabe

Pausa. Ela olha para o garoto. Mais feliz
Agora ele voltou a chutar
Ela põe a mão na barriga, ainda olhando para o garoto, ele assente para ela
Está chutando bastante
Quer sentir
Ele fica sentado como estava. Decepcionada
Você não dá a mínima mesmo

O GAROTO
senta mais perto, põe o braço em volta dos ombros dela
Será que não podemos
Ela olha para ele e ele a abraça mais forte. Ela se encosta nele

A GAROTA
Podemos sim
Pausa breve
Mas é que é tão difícil
Eu não suporto ficar nesta casa
Tudo de volta
Tudo exatamente como antes
Eu não aguento ficar aqui
Ouvem-se passos, a garota ergue o rosto, com expectativa
Pelo jeito não é ninguém

O GAROTO
abraçando-a mais forte
Deve ser só alguém que saiu
Pausa. Consolando-a
Não vamos ficar aqui por muito tempo
Vai ser só até encontrarmos
um lugar para morar

A GAROTA
Mas não vamos conseguir ir para lugar nenhum
Não temos dinheiro

O GAROTO
Tudo vai dar certo no final
Ri um pouco
Não podemos
interrompendo-se

A GAROTA
O quê
Pausa breve. A garota ergue o rosto na direção dele
E você já pensou como o bebê vai chamar
Ele balança a cabeça. Ela se inclina na direção dele, depois levanta com dificuldade, vai até a janela, apruma o corpo e olha para fora, ouvem-se alguns passos, eles se entreolham. Pausa. A garota então vai até uma sacola que está num canto, tira algumas roupas de criança de dentro
Nós já temos
interrompendo-se. Olha para as roupas
Já temos algumas coisas para o bebê
Ela mostra as roupas para o garoto

O GAROTO
assente
Ah

A GAROTA
olhando para as roupas
Muito lindinhas
Pausa

E agora não falta muito
Ela fica pensando
Talvez só mais um dia
De repente se anima
Talvez até menos
Entusiasmada
Talvez seja até hoje
Ainda mais entusiasmada, olhando para o garoto
Talvez o bebê nasça
hoje mesmo
Apalpando-se
A bolsa
Talvez a bolsa se rompa
desconversa
Agora mesmo
Agorinha
Já
Pausa
Não agora não
Pausa. Ela segura as roupinhas diante de si, começa a caminhar em volta da sala. Ri um pouco

O GAROTO
um pouco surpreso por ela mudar de humor tão de repente, mas ao mesmo tempo feliz
Vai dar tudo certo

A GAROTA
Vai

O GAROTO
Mas você ainda não deu à luz

A GAROTA
Não mas vai ser logo
Um pouco assustada
E você tem que estar comigo
Você sabe bem
ela vai até ele, senta ao lado dele
que eu não quero dar à luz sozinha
sabe
Você
tem que estar comigo
Ela volta a ficar em pé, recua um pouco para o meio da sala

O GAROTO
Ri um pouco
Mas eu detesto ver sangue

A GAROTA
Mas vai estar comigo mesmo assim

O GAROTO
Está certo
Eu vou

A GAROTA
Eu poderia ter dado à luz hoje
enquanto você não estava
Ele assente. Ela olha preocupada para ele, novamente queixosa, mas conciliatória
Eu bem que poderia
Ele assente de novo. Pausa breve
E por que não viajamos
juntos para cá hoje

Eu tive que vir de ônibus sozinha
Não suporto estar aqui
E então tive que viajar sozinha
e ficar conversando com a minha mãe
Fiquei sozinha aqui com a minha mãe

O GAROTO
Eu preciso
interrompendo-se

A GAROTA
Tudo bem
Ela dobra com cuidado as roupas que tirou e as guarda de volta na sacola. Ele vai até a janela, endireita o corpo, olha lá fora. Pausa
Ei
Ele se vira para ela
Ei

O GAROTO
O que foi

A GAROTA
Nada não

O GAROTO
Pode falar

A GAROTA
Não
tentando desconversar

O GAROTO
Posso falar então

Ela assente com a cabeça
Você deve ter pensado bastante
em como o bebê vai chamar
Era isso que você queria perguntar
Ela assente, olha para o garoto, ele balança a cabeça
O seu pai

A GAROTA
interrompendo-o
Porque o bebê precisa ser chamado de alguma coisa
O bebê precisa ter um nome
Precisa ser chamado de alguma coisa
Você sabe bem disso
O bebê precisa ter um nome
Não é possível
Ri um pouco
que não seja chamado de alguma coisa
O garoto começa a rir um pouco também
Ela sorri, ligeiramente irritada
É sério

O GAROTO
Claro que é

A GAROTA
Já pensei em muitos nomes
Anotei alguns
tira um papelzinho do bolso
nesse papelzinho
Ela vai até ele
Os nomes de menino estão à esquerda
Ela lhe entrega o papel

Porque eu acho que vai ser um menino
E os de menina estão à direita
Ela olha para ele
Está vendo
Ele assente. Pausa breve
Qual você prefere

O GAROTO
Não sei

A GAROTA
Mas então fale alguma coisa
Um nome ele precisa ter
Todo mundo precisa de um nome
Precisamos escolher um nome para ele

O GAROTO
É

A GAROTA
Um nome bonito
Ele assente

O GAROTO
E a sua mãe ainda nem contou para o seu pai
que você está grávida

A GAROTA
Claro que já contou
Só a minha irmã acha que não

O GAROTO
Ah

A GAROTA
Ela contou sim

O GAROTO
Ah bom

A GAROTA
Eu gostaria que o bebê não tivesse
um nome tão comum
Mas não quero que ele tenha um nome exótico
também

O GAROTO
É eu não sei

A GAROTA
um pouco sentida
Está bem
Mas você podia sugerir alguma coisa
você também
Um nome qualquer
Só unzinho

O GAROTO
Gunnar

A GAROTA
sorri
Você não está falando sério

que o nosso filho vai se chamar Gunnar
Ele encolhe os ombros. De novo um pouco entristecida
Você só pode estar
de brincadeira
Pense num nome qualquer
Pausa breve

O GAROTO
querendo demonstrar interesse
Bem que podíamos dar a ele o nome de alguém da família

A GAROTA
ironicamente
Sim podemos dar a ele
o nome da minha mãe ou do meu pai
Se é isso que você quer

O GAROTO
Não eu não sei
Pausa breve
Talvez o nome da minha avó
Eu e a minha avó nos dávamos muito bem

A GAROTA
Mas então terá que ser uma menina

O GAROTO
É

A GAROTA
desconversando
Anna

Não era esse o nome da sua avó
Eu não sei bem se
É um nome tão
interrompendo-se

O GAROTO
É um nome bonito

A GAROTA
Bonito é
mas

O GAROTO
Foi só um que me ocorreu

A GAROTA
É bonitinho
Mas que tal Kristina

O GAROTO
Não

A GAROTA
Mas esse era o nome da minha avó
Só ouvi falar dela
Não chegamos a nos conhecer de verdade
Ela morreu quando eu era bem pequena
Mas a minha mãe disse que ela era muito gentil
Era
interrompendo-se

O GAROTO
É um nome meio
interrompendo-se

A GAROTA
E que tal Liv

O GAROTO
Perguntando
Liv
A garota assente
Não sei não
Pausa breve

A GAROTA
Até porque vai ser um menino

O GAROTO
Ah é

A GAROTA
Você tem mais sugestões

O GAROTO
Por enquanto não
Mas posso pensar em mais alguma coisa
Não temos tanta pressa assim

A GAROTA
Mas temos que escolher um nome

O GAROTO
O bebê ainda nem nasceu

A GAROTA
Não mas precisamos escolher
um nome
antes de o bebê nascer

O GAROTO
Não é melhor ver a cara dele primeiro
Para escolher um nome adequado
Pausa
Acho que vai ter que ser Bjarne

A GAROTA
Deixe de tolice
Pausa
Mas podemos definir alguns nomes
e depois escolher entre eles
Eu anotei vários nomes
Ela aponta para o papelzinho que ele ainda segura nas mãos
Eu escrevi esses nomes de menina
Hanne
É quase o mesmo da sua avó
Anna
Anne é ainda mais parecido
Mas não gosto muito dele
Agora Hanne
Marie eu acho bonito
Johanne também
Mas soa tão antiquado
Sina
Talvez seja um nome meio incomum
Mas eu anotei mesmo assim
Ela olha para o garoto

Dê uma olhada
Você mesmo pode ler
Ele olha para o papel

O GAROTO
Mas Anna você não incluiu aqui

A GAROTA
vai e senta ao lado dele
É que de Anna eu não gosto muito

O GAROTO
O que tem de errado com esse nome

A GAROTA
É que
desconversa

O GAROTO
A minha avó se chamava assim
Pausa breve. Ele confere a lista
Não tem tantos nomes que me agradem

A GAROTA
Nem de menino

O GAROTO
Não
Kristian
Talvez eu até goste de Kristian

A GAROTA
Você não gosta de nada

O GAROTO
Está bem
Podia ser Ådne
E que tal Olav

A GAROTA
Mas Olav

O GAROTO
Meu avô se chamava assim

A GAROTA
Você não está falando sério quando diz que nosso filho vai se chamar Olav
Você só pode estar de brincadeira
Resignada
Você não dá a mínima

O GAROTO
Olav é um nome bonito

A GAROTA
Você não está falando sério
Fica novamente triste
Será que não pode levar isso um pouco a sério

O GAROTO
Por que não
Qual é o problema com Olav

A GAROTA
Deixe de brincadeira

Entusiasmada
Ele está chutando de novo
Ela leva as mãos à barriga
Venha
Venha sentir
Você também tem que sentir
Ele hesita
Sinta
Venha
Sinta aqui
Ele encosta a mão na barriga dela. Ela move a mão dele para outra posição
Está sentindo
Ela olha para ele
Não
Pressione um pouquinho
Ele assente. Ela olha para ele
Está sentindo agora
Ele volta a assentir
Está vendo só como ele chuta
Ele assente, sorrindo. Ficam sentados um instante sem dizer nada

O GAROTO
Mas sabe

A GAROTA
O quê

O GAROTO
Acho que o seu pai não gostou de mim

A GAROTA
Ele nem gostou nem desgostou de você

O GAROTO
Mas
interrompendo-se
Ele não falou comigo

A GAROTA
Ele é desse jeito
Ele só está cansado

O GAROTO
Ele não falou comigo
Ele só disse assim
Ele está com fome
ele perguntou
E também não quis saber o meu nome

A GAROTA
Não vamos ficar aqui por muito tempo

O GAROTO
Não
Ele olha para ela
Ei

A GAROTA
O quê

O GAROTO
Estou pensando nos bebês que ainda não nasceram
Pausa

A GAROTA
Ri um pouco
Você só pode estar mesmo

O GAROTO
É

A GAROTA
É

O GAROTO
Pois é eu pensei
que deve haver um lugar onde os bebês
são reunidos antes de virem ao mundo
só a alma deles
E aí eles ficam conversando uns com os outros
do jeito deles
na sua própria língua angelical
O garoto olha para a garota, sorrindo
E eles não fazem ideia de onde vão parar
Porque eles não decidem isso sozinhos
E então essa decisão é tomada
Um a um eles vão sendo
encaminhados
Eu vou para a Noruega
diz um bebê

A GAROTA
Você é muito imaginativo

O GAROTO
Acho que sou

E o destino de outro bebê é decidido
Eu vou para a Índia
esse bebê diz
E um outro bebê que queria ir para a Suécia
acaba indo para a Finlândia

A GAROTA
Aham

O GAROTO
Um bebê que queria viver na cidade
vai viver num povoado
E apenas quando ele ficar adulto
é que vai conseguir ir morar na cidade
E todos estão ansiosos
para saber como serão seus pais
Eles devem ficar muito ansiosos

A GAROTA
Então nosso filho vai ficar decepcionado

O GAROTO
E todos estão angustiados com o nascimento
Porque nascer não é nada fácil
É uma coisa muito difícil
isso é
E como será
que os pais vão ser

A GAROTA
Isso eles não têm como dizer

O GAROTO
E como vai ser a aparência do bebê

A GAROTA
Com uma mãe como eu

O GAROTO
E um bebê pode ser pobre
ou rico
Bonito ou feio
Como eles devem ficar ansiosos
E já dentro da barriga o bebê
percebe como os pais são

A GAROTA
rindo
Pobre bebê

O GAROTO
Sim o bebê percebe
se gosta ou não dos pais
se os pais têm voz e alma
e pode até gostar deles
ou não
Pausa breve
É assim que deve ser
E eu acho
interrompendo-se

A GAROTA
Pare de falar bobagem
É só porque você não gosta de mim
que você pensa assim

O GAROTO
O bebê está bem ansioso
Eu até posso sentir como ele está ansioso
só de perceber como nós somos
Só de perceber como
este mundo é

A GAROTA
Aham

O GAROTO
continua
como vai ser para ele

A GAROTA
Aham

O GAROTO
Está ansioso só de perceber
o que estamos fazendo
Como aparentamos e agimos

A GAROTA
Não fale assim
Me deixa triste

O GAROTO
Mas eu estou percebendo como esse bebê está ansioso

A GAROTA
zangada
Você só fala assim para ser desagradável

Ela olha para ele e ele assente
Pare com isso já

O GAROTO
Quem não nasceu ainda fica num céu
com todos os que ainda não nasceram
É lá que eles ficam esperando em silêncio e ansiosos
Você não faz ideia de como eles ficam ansiosos

A GAROTA
Pare com isso já
Parece até um livro
Você precisa mesmo
interrompendo-se

O GAROTO
Porque os que não nasceram também são humanos
Assim como os mortos também são humanos
Quem é humano
tem que pensar que a humanidade
consiste em todas as pessoas que já morreram
e em todas que ainda não nasceram
e em todas que estão vivas neste instante

A GAROTA
Onde foi que você leu isso
O garoto olha para ela, um pouco magoado

O GAROTO
Não é bonito isso

A GAROTA
É sim

O GAROTO
Eu fico tão
interrompe-se

A GAROTA
ironicamente
Você é esperto
Como você é esperto

O GAROTO
Acho que não somos bem-vindos aqui
Eu pelo menos não sou

A GAROTA
Ai ai

O GAROTO
Mas

A GAROTA
E para onde mais podemos ir

O GAROTO
É o jeito

A GAROTA
querendo entusiasmá-lo
Vamos dar uma volta
lá no Morrote talvez
Então você vai sentir o vento
Pausa breve
Do jeito que mencionei para você mais cedo
Vamos lá

O GAROTO
Mas está escuro e chovendo

A GAROTA
Não podemos ir mesmo assim

O GAROTO
Podemos

A GAROTA
Pode ser até
que eu comece
a entrar
em trabalho de parto
Ela ri brevemente. Ouvem-se passos

O GAROTO
olhando para ela
Alguém está vindo
A garota assente. A porta do corredor se abre e entra a mãe. Ela olha para o garoto

A MÃE
Que dor mais insuportável
E deitar também não adianta
nada

A GAROTA
Pensamos em ir até o Morrote

A MÃE
sorri

Nesse tempinho
Vocês querem mesmo se refrescar
Ela ri um pouco

A GAROTA
Sim

A MÃE
E do Morrote talvez consigam avistar
um ou outro barco lá no mar
Olhando para a garota, pergunta
Falou com o seu pai
A garota balança a cabeça
Acho que ele agora deve estar deitado descansando
Perguntando
A sua irmã
você sabe que fim levou

A GAROTA
balança a cabeça
Deve ter ido até a lojinha
A mãe assente. Ela vai até uma poltrona, senta, pega o jornal
Vamos dar uma volta lá fora
Até o Morrote
Como antigamente

A MÃE
Vão sim podem ir
A garota e o garoto saem pela porta do corredor, que fecham ao passar. Pausa. Apagam-se as luzes

III

Luzes. Pausa. A mãe tenta levantar da poltrona

A MÃE
Insuportável isso
Essa dor
Quem diria que um dia eu ficaria assim
E o pior
é que nada resolve
Ela desaba de volta na poltrona
Não assim não dá
Pausa. Ela se inclina sobre a mesinha, pega o livro que o garoto deixou lá, olha o livro, folheia um pouco, o põe de volta no lugar. Ouvem-se passos, a porta da cozinha se abre e o pai entra

O PAI
olhando para a mãe
Fui descansar um pouco
Acho que acabei cochilando

A MÃE
Pelo menos você conseguiu
Hoje estou bem dolorida
O pai volta à cozinha, ressurge segurando uma caneca de café, vai e senta no sofá, pega o livro que o garoto deixou sobre a mesinha, folheia as páginas, lê um pouco e o devolve à mesinha

O PAI
Ai ai

A MÃE
Conseguiu dormir essa noite

O PAI
Um pouco
Ele balança a cabeça
Dormir mesmo eu não consigo
É como se eu sentisse uma agonia
só de pensar em ir para a cama

A MÃE
Também não consigo dormir
Passo o tempo deitada sentindo dores
Aí se der um pouco de sorte
até dou um cochilo rápido

O PAI
É
Pausa
Então quer dizer que a Beate está em casa hoje
Ainda não consegui falar com ela

A MÃE
De repente ela apareceu aqui na porta
Ela ri um pouco
Ela nem ligou antes
simplesmente veio
Pausa breve

O PAI
Pergunta
Você sabe como ele se chama
A mãe balança a cabeça
Você não perguntou
Ela balança a cabeça de novo

A MÃE
Ele parece ser gentil

O PAI
Pois é
Pausa
A Beate ainda está descansando

A MÃE
Foi passear no Morrote
Ela e ele foram até lá

O PAI
Está ventando horrores agora
Pausa. A mãe suspira

A MÃE
Acho melhor ir deitar de novo
Nova pausa

O PAI
Faz tempo que a Beate saiu
Estou cansado também
Devia já ter
interrompendo-se

A MÃE
É é
Pausa. Ela olha para o pai
Sabia que ela vai ter um bebê
Pausa breve

O PAI
Não

A MÃE
É
Está para dar à luz

O PAI
Então ela vai ser mãe

A MÃE
rindo
E você vai ser avô

O PAI
E você sabia faz tempo

A MÃE
ri novamente
O bebê vai nascer a qualquer momento

O PAI
Perguntando
E ele que é o pai

A MÃE
ri
Acho que sim

O PAI
Ai ai

A MÃE
Ainda bem que essa criança vai ter um pai

O PAI
É

A MÃE
Ela não está lá muito bem

O PAI
Mas

A MÃE
Não está mesmo

O PAI
Mas ele
interrompendo-se

A MÃE
Sim sim

O PAI
Eles vão ficar muito tempo aqui
Eu vi que ele trouxe uma mala

A MÃE
Isso já não sei
Eles chegaram hoje
Primeiro a Beate
Ele chegou umas horinhas depois
Ela olha para o pai
Eu acho que aquele carro velho é dele
O pai assente
Você viu o carro
Ele volta a assentir

O PAI
Sim sim
Pausa
Mas você não sabe

A MÃE
interrompendo-o
Não
Ela vai dar à luz um bebê
E então eles devem
interrompendo-se

O PAI
E por acaso eles têm dinheiro

A MÃE
Claro que não
O pai pega a carteira do bolso, tira algumas notas

O PAI
Ai ai

A MÃE
Não a Beate não é fácil

O PAI
A Beate
A mãe assente
Não é mesmo
De jeito nenhum

A MÃE
Foi você quem foi buscar ela
naquela ocasião
Quando telefonaram

O PAI
É
prolongando-se

A MÃE
E o que foi mesmo que aconteceu

O PAI
Não vamos falar disso

A MÃE
Mas não foi

O PAI
Foi sim

A MÃE
Você nunca quer me contar as coisas

O PAI
Não tenho nada para contar

A MÃE
Você nunca foi muito de ajudar
na educação das meninas
O pai suspira

O PAI
Estou cansado

A MÃE
interrompendo-o
Ai ai

O PAI
Acho que ele
interrompendo-se

A MÃE
Ele

O PAI
Sim ele
O pai levanta e começa a caminhar em círculos pela sala
Quer saber eu acho que vou logo me recolher
Ouvem-se passos, a porta do corredor se abre e a garota entra, com os cabelos molhados. O pai olha para ela, um pouco feliz
Então quer dizer que você está em casa

Que bacana
Pausa breve
É bom secar esse cabelo
Eu vou buscar uma toalha
O pai vai até a cozinha

A GAROTA
para a mãe
Que tempinho horrível
O pai volta trazendo uma toalha, que entrega à garota, ela começa a secar os cabelos. O garoto entra, também com os cabelos molhados. O pai olha para o garoto e vai para a cozinha

A MÃE
Venham aqui sentar um pouco vocês dois
Ela aponta para o sofá com a muleta

A GAROTA
para o garoto
É bom você secar esse cabelo também
A garota entrega a toalha ao garoto e ele seca os cabelos. Para a mãe
Mas que tempo mais horroroso
O garoto vai e senta no sofá, larga a toalha sobre a mesinha. A garota vai até a janela, endireita o corpo e contempla a escuridão. Pausa breve
Puxa vida como está ventando

O GAROTO
assente
É
Pausa. Para a mãe
O clima aqui não é fácil

A MÃE
começa a rir
Aqui não para de ventar nunca
É só tempestade e vendaval

O GAROTO
É

A MÃE
Quer dizer que agora você vai ser pai
O garoto confirma com a cabeça, olha para baixo

A GAROTA
vai sentar no sofá, olha para a mãe, um tanto condescendente, mas também provocando
E você vai ser avó

A MÃE
Pode ter certeza que sim
Ela ri

A GAROTA
Onde foi parar a minha irmã

A MÃE
rindo
Como é que eu vou saber
Deve ter ido até a lojinha
Ela olha para a garota
Fazia tempo que você não aparecia em casa

A GAROTA
Você já repetiu isso várias vezes hoje

A MÃE
Ai ai

A GAROTA
olhando para a mãe
Você quer que eu vá embora

A MÃE
rindo
Desse jeito aí
Não mesmo
Ela olha para o garoto
É verdade aqui sempre venta forte assim

O GAROTO
É
Pausa. Ele pega o livro da mesinha, abre

A MÃE
O clima aqui é inclemente

O GAROTO
ergue os olhos do livro
É

A MÃE
Ai ai
O garoto assente com a cabeça. O pai volta da cozinha, caminha até a janela, espia lá fora. A mãe se dirige ao garoto
Ele
aponta para o pai
bem que podia gostar de ler também

ela ri
ele bem que podia

O PAI
expira forte, olha para a garota
Agora a chuva apertou
O pai vai e senta na poltrona vazia, o garoto recomeça a leitura.
O pai olha para a garota
Pois é fazia mesmo um tempão
que você não vinha para casa
E agora pelo visto
vai ficar aqui um bom tempo
não

A GAROTA
Não sei

O PAI
E você tem dinheiro

A GAROTA
Um pouquinho

O PAI
E ele também

A MÃE
interrompendo-o
Ai ai

O PAI
para a garota

E ele tem a mesma idade que você
A garota assente

A GAROTA
Mas ele tem um nome
A mãe começa a rir. Pausa

O PAI
Acho que vou deitar então
Amanhã vai ser mais um dia longo
O garoto põe o livro no colo da garota, aponta para uma coisa numa página, ela lê, sorri

A MÃE
O que foi

A GAROTA
Nada não
A garota devolve o livro ao garoto, ele retoma a leitura

O PAI
olhando para a garota, meio hesitante
Acho que vou deitar

A GAROTA
Boa noite então
O pai levanta, vai até a janela, olha lá fora, vai e pega a xícara de café sobre a mesinha, a leva para a cozinha, volta para a sala

O PAI
Pois é o dia hoje foi longo
E amanhã vai ser igual

Pausa
Boa noite para vocês
O pai sai pelo corredor, fecha a porta ao passar, ouvem-se passos pela escada. Pausa. A porta do corredor se abre e o pai volta a entrar
Beate
Venha aqui um instantinho por favor
Ela levanta, vai até o pai. Ele a segura pela mão e lhe entrega algo
Para você
Ela olha para o pai
Você não deve ter tanto assim

A GAROTA
um pouco envergonhada
Muito obrigada
O pai sai novamente, deixa a porta aberta ao passar, a garota enfia o dinheiro que ganhou do pai no bolso da calça e volta a sentar no sofá

A MÃE
É assim que deve ser
A porta da frente se abre e ouvem-se passos pelo corredor. Pausa breve
Deve ser a sua irmã
Ela deve ter ido à lojinha de novo
A porta do corredor se abre e a irmã entra. A mãe olha para ela, ri, balança a cabeça
Você foi na lojinha de novo

A IRMÃ
Fui você quer um pouco
Ela estende um saquinho de balas para a mãe, balança a cabeça, depois olha para a garota

Encontrei o Bjarne
Ele disse que queria dar um pulinho aqui
Faz muito tempo que vocês não se veem
ele disse
A garota assente

A MÃE
Sim faz muito tempo que o Bjarne não vem aqui
Mais de ano talvez
A garota põe as mãos na barriga. A mãe pergunta
Ele está chutando

A GAROTA
assente
Chutando como nunca

A MÃE
Com esse barrigão
não vai demorar para você dar à luz
não mesmo

A GAROTA
olhando para a irmã
Quer sentir
A irmã vai e senta ao lado da garota, põe as mãos na barriga dela.
A garota olha para a irmã
Está sentindo
A irmã assente. Pausa breve

A IRMÃ
Acho que é um menino

A GAROTA
Eu também

A MÃE
E como vocês são só meninas
Três meninas

A GAROTA
Ah sim e você tem falado com a Anny

A MÃE
Sim ela até mandou um cartão
Vou já buscar
A mãe pega as muletas, atravessa a sala até o aparador, abre uma gaveta e tira de lá um cartão-postal

A GAROTA
Seria legal encontrar ela também

A IRMÃ
Sim
Espero que ela volte logo
A mãe pega o cartão e o entrega para a garota, ela pega o cartão, lê, o entrega para o garoto, ele pega o cartão, lê

A GAROTA
Perguntando
Faz tempo que ela não vem para cá

A MÃE
Sim muito tempo
Acho que no verão é capaz de ela vir

A IRMÃ
Ela disse isso mesmo
A mãe balança a cabeça. Irritada
E você ainda acredita

A GAROTA
Você não pode simplesmente acreditar nessas coisas
O garoto faz menção de entregar o cartão à irmã, mas ela balança a cabeça, ele então o põe sobre a mesinha

A MÃE
Quer dizer talvez ela tenha mencionado isso
num telefonema qualquer
Não lembro direito
Batem demoradamente na porta

A IRMÃ
levanta
Deve ser o Bjarne

A GAROTA
levanta também
Eu posso ir atender

A IRMÃ
Deixa que eu vou
A mãe ri. O garoto retoma a leitura. A garota vai até o corredor, a irmã a acompanha

A GAROTA
para a irmã
Deixa que eu abro

Pode ir sentar
A irmã fica parada onde está. A garota abre a porta do corredor

A IRMÃ
Não seja boba

A GAROTA
Mas eu quero mesmo ir
Ela começa a rir

A IRMÃ
também ri
Não eu que vou

A GAROTA
rindo
Vamos nós duas então
A irmã segura no braço da garota, elas abrem a porta do corredor e saem

A MÃE
explica ao garoto
O Bjarne e a Beate são amigos desde pequenos
Ele ergue os olhos do livro, assente
Faz um tempão que não se veem
Pausa

A GAROTA
do corredor
Então você está aí
Que legal ver você
Pausa breve. A mãe se firma nas muletas, vai até a janela, espia lá fora

A MÃE
para o garoto
Agora está chovendo bastante
Está escuro
e frio

BJARNE
do corredor
Há quanto tempo

A GAROTA
do corredor
Quero um abraço
Pausa breve

A MÃE
para o garoto
Que terrível essa chuvarada

A IRMÃ
do corredor
Não comecem a se agarrar agora

A MÃE
apressa-se
Não para de chover um minuto
A mãe olha para o garoto, balança a cabeça, se arrasta com dificuldade pela sala com a ajuda das muletas, volta a sentar na poltrona. Ela olha para o garoto. Pausa breve
Pois é as minhas meninas cresceram
E agora uma delas até vai ser mãe

E você mesmo vai ser pai
Ela ri um pouco. Pergunta
Está animado
Ele dá de ombros
Talvez seja legal
A irmã entra

A IRMÃ
rindo
Eles estão lá se agarrando
Ela é muito doida mesmo

A GAROTA
do corredor
Não estamos não
Bjarne e a garota entram, ele é um pouco mais velho do que os outros, ela o segura pelo braço. O garoto e Bjarne se cumprimentam com um gesto de cabeça

A MÃE
bate palmas
Mas olha só se não é o Bjarne
Há quanto tempo
Que bom ver você de novo

BJARNE
É
Já não somos mais criancinhas faz tempo

A MÃE
rindo
Quanto a isso não tenho dúvidas

A GAROTA
olhando para o garoto, explica
O Bjarne e eu éramos melhores amigos

A IRMÃ
Foi só quando eles já eram mais velhos que
interrompendo-se

A GAROTA
Nós nos conhecemos desde pequenos
Bjarne vai e senta na poltrona desocupada, a garota vai e senta no braço da poltrona onde ele sentou, ela olha para Bjarne. Pausa
Você ainda mora aqui

BJARNE
Quando venho fico em casa
A garota assente

A MÃE
Que bom que você veio nos ver Bjarne
Não é sempre que você dá o ar da graça aqui

BJARNE
Muito raramente
Pausa breve
Mas é bom estar em casa

A MÃE
Ai agora está doendo demais

BJARNE
para a mãe, perguntando
Você não está se sentindo bem

A MÃE
gemendo
Já estive
melhor
A mãe fica em pé

A GAROTA
para Bjarne
E quando você está em casa ainda fica
naquele quarto do sótão

BJARNE
É
desconversa, olha para a garota
É lá mesmo

A GAROTA
rindo
Dói um pouco ficar sentada aqui
olhando para o Bjarne, sorri
posso sentar no seu colo um pouquinho

BJARNE
um pouco sedutor
Com certeza
Ele acena em direção ao garoto. A garota senta no colo dele. Ele passa os braços em volta dela.
Está confortável agora
A garota assente

A MÃE
um tanto preocupada

Agora acho melhor eu
interrompendo-se. Para o Bjarne
Foi bom rever você
mas acho que preciso deitar

BJARNE
olha para a mãe
Sim foi muito bom rever você também
Ele olha para a garota, encosta a mão na barriga dela
Quer dizer então que você vai ser mãe

A GAROTA
Sim
Ele acaricia a barriga dela
Deixe disso

BJARNE
desviando o olhar para o garoto
E você

O GAROTO
O quê

BJARNE
Você não parece tão velho

A GAROTA
Quase a mesma idade que eu
Ela olha para o garoto
O Bjarne e eu não nos desgrudávamos um do outro
Ela ri

A MÃE
Acho que agora eu vou
Pausa. Ela olha para o garoto
Acho que eu devia mostrar a vocês o quarto
onde vão dormir
O garoto assente

A IRMÃ
rápida
Eu posso fazer isso

A MÃE
Pode ser e aí eu não tenho que subir essas escadas
O garoto volta a assentir. A mãe se esforça para ficar em pé e caminhar até a porta do corredor
Boa noite a todos
A mãe olha para a garota
Não é todo o dia que consigo ver você
não é
Ela olha para Bjarne
E nem você
aliás
Ela ri um pouco
Pois então boa noite
Ela acena para o garoto e então sai deixando a porta aberta ao passar, ouve-se uma outra porta sendo aberta e fechada

A GAROTA
rindo
Foi bom ela ter ido deitar

BJARNE
Não tinha problema nenhum a sua mãe ficar aqui

A GAROTA
Não foi isso que eu quis dizer

A IRMÃ
olha para o garoto
Eu posso lhe mostrar o quarto
Ele assente, levanta, pega o livro e atravessa a sala. A garota põe o braço em volta do pescoço de Bjarne e olha para o garoto

A GAROTA
rindo
E então o Bjarne e eu
interrompendo-se
Enquanto vocês estão lá no sótão

A IRMÃ
Pode deixar que não vamos esquecer
Olha para o garoto
Não é

O GAROTO
Não vamos não

A GAROTA
provoca
Fiquem à vontade se divirtam
para Bjarne
Que agora nós aqui vamos nos divertir
Certo

BJARNE
Vamos sim

O GAROTO
olha para Bjarne
Que ótimo

A GAROTA
para Bjarne
Como estão as coisas

BJARNE
Muito bem
Pausa breve

A IRMÃ
pega o garoto pelo braço, ri
Estamos indo
O garoto assente
Vocês fiquem aí conversando
ou fazendo o que quiserem
O garoto fica parado um instante, hesita
Vamos lá
O garoto e a irmã saem pelo corredor, fecham a porta ao passar, ouvem-se passos subindo a escada. Bjarne e a garota trocam olhares, um pouco tímidos

BJARNE
E agora você vai ser mãe
A garota assente
Você chegou hoje
Ela volta a assentir

A GAROTA
Eu não gosto de vir para cá

Mas
Já que não tínhamos outro lugar para morar e
interrompendo-se
Sabe como é
A garota levanta do colo dele, vai e senta no sofá. Pausa breve
Eu tinha contado à mamãe do bebê

BJARNE
Sei

A GAROTA
Mas ela não mencionou nada ao papai
Quer dizer a minha irmã jura que não
Mas acho que ela contou sim

BJARNE
Talvez
Pausa
Tudo bem fora isso

A GAROTA
Sim
desconversando

BJARNE
apontando para o teto, rindo
Eles vão demorar lá em cima

A GAROTA
rindo
Espero que sim
Bjarne levanta e vai até o sofá, senta ao lado da garota, ela deita e apoia a cabeça no colo dele. Silêncio. Depois de um instante ouve-se

a irmã chegando e a porta do corredor sendo aberta, ela entra na sala

A IRMÃ
Ele disse que queria se recolher
Queria ficar lendo
A irmã vai e senta na poltrona. Silêncio
Vamos jogar cartas

A GAROTA
Não estou a fim

A IRMÃ
Foi só uma pergunta

BJARNE
Ele gosta de ler

A GAROTA
Passa o tempo todo lendo

A IRMÃ
rindo
Ele passou o dia inteiro sentado aqui lendo

BJARNE
Essa coisa de ler
A garota e a irmã riem

A IRMÃ
Mas não vamos mesmo jogar cartas

A GAROTA
Você não ouve direito

A IRMÃ
Não sei por que você é tão azeda
Pausa. Silêncio
Então eu acho que vou deitar também

BJARNE
Nós até podíamos jogar um pouquinho

A GAROTA
Não estou a fim não

A IRMÃ
Vou deitar então
A irmã levanta
Boa noite
Ela sai pelo corredor e fecha porta ao passar. Pausa longa

A GAROTA
Estou um pouco cansada também

BJARNE
levanta, vai até a janela, olha lá fora
Chovendo e ventando
como sempre
Pausa

A GAROTA
Venha aqui
Ele olha para a garota, vai e senta novamente na poltrona. Então

ouvem-se passos, uma porta se abre, depois de um instante a porta da cozinha se abre e o pai surge, com o torso nu. A garota se endireita no sofá

O PAI
um pouco encabulado
Mas olhe só se não é o Bjarne
Fui deitar e não peguei no sono
Aí resolvi descer e beber alguma coisa
Quer dizer que você também está de visita
Que bom

BJARNE
É meio que obrigatório não é

O PAI
Com certeza
Pausa
É sempre bom quando você aparece

BJARNE
Obrigatório não é

O PAI
É
olhando para Bjarne
Você vai passar um tempo por aqui

BJARNE
Vou sim

O PAI
É o jeito não é

Pausa breve
Mas eu vou deitar agora
Nos vemos outro dia
Vamos nos ver hein

BJARNE
Vamos sim
Vou demorar um pouco para ir embora

O PAI
Ah sim
Amanhã é outro dia
O pai acena para Bjarne, sai e fecha a porta da cozinha ao passar.
Pausa

A GAROTA
Estou um pouco cansada

BJARNE
Eu posso ficar aqui sentado
se você resolver ir deitar
Ele ri um pouco

A GAROTA
Mas eu não quero ir para a cama

BJARNE
É só dizer se quiser
que eu vá embora
Pausa
Mas é estranho que sua mãe
não tenha contado ao seu pai que você vai dar à luz

A garota assente. Bjarne levanta e senta ao lado da garota no sofá, passa os braços em volta dela e a abraça forte. A garota põe a cabeça no ombro dele, eles ficam assim, olhando para a frente. Pausa. Ele passa a mão sobre o seio dela

A GAROTA
Não isso não
Ele deixa a mão lá
Não
Ele aperta o peito dela com mais força

BJARNE
Exatamente como nos velhos tempos
Ele ri brevemente. Eles deitam no sofá, os dois ficam deitados e se abraçam. Pausa. Ouvem-se passos. Eles sentam. A garota arruma o cabelo. Eles se entreolham. A porta do corredor se abre e o garoto entra, vestindo o casaco, ele vai e senta numa das poltronas. Pausa

A GAROTA
Você foi para a cama ler

O GAROTO
Eu tentei ler um pouquinho
Pausa. Para a garota, perguntando
Os outros já se recolheram
Ela assente

BJARNE
Pelo visto sim
Pausa
Que livro você está lendo

O GAROTO
É só um livro qualquer
O garoto levanta

A GAROTA
Já vai deitar de novo

O GAROTO
Sim
desconversa. O garoto vai pelo corredor e fecha a porta ao passar. Bjarne olha para a garota, perguntando. A garota encolhe os ombros. Bjarne levanta e vai até a janela. A porta da frente é aberta e fechada novamente.

BJARNE
Acho que ele saiu

A GAROTA
Acho que o meu pai não gosta dele

BJARNE
Não
Senta ao lado da garota no sofá

A GAROTA
Acho que vou dormir

BJARNE
O.k.

A GAROTA
Ele não deve demorar
Ela levanta, vai até a janela, se endireita e contempla a escuridão

BJARNE
Eu
interrompendo-se. Fica de pé

A GAROTA
um pouco assustada, olha para Bjarne
Aonde você vai

BJARNE
Acho que vou para casa
A garota assente
Mas
interrompendo-se. Ele vai e abre a porta do corredor

A GAROTA
Ele não vai demorar
ri
E se tiver ido embora de vez
eu posso chamar o meu filho de Bjarne
Ri. Pausa

BJARNE
Acho que é melhor eu ir para casa
A garota assente

A GAROTA
Eu acompanho você até a porta

BJARNE
Não precisa

A GAROTA
Então pode ir
Bjarne assente

BJARNE
Já vou então
Bjarne sai pelo corredor. Ouve-se a porta da frente sendo aberta e fechada novamente. A garota fica em pé olhando para a escuridão. Pausa. Apagam-se as luzes. Cortina

Eu sou o vento

"Eu sou o vento" se passa num barco imaginário, a bem dizer alusivo, e a ação também é imaginada e não deve parecer explícita, mas também alusiva.

PERSONAGENS

O um
O outro

O UM
Eu não queria
Eu apenas fiz

O OUTRO
Você apenas fez

O UM
É
Pausa breve

O OUTRO
Simplesmente aconteceu
E você tinha
tanto medo de que acontecesse
Pausa breve
Você me disse
pausa muito breve
mencionou isso para mim

O UM
Foi
Pausa

O OUTRO
E então aconteceu
Pausa muito breve
O que você temia tanto que acontecesse
pausa muito breve
é que você fosse fazer
pausa muito breve
pois é aconteceu
Pausa breve

O UM
Foi
Pausa

O OUTRO
É terrível

O UM
Eu sei muito bem

O OUTRO
É

O UM
Eu não estou mais aqui
Fui embora com o vento

O OUTRO
Você se foi

O UM
Eu não estou mais aqui
Pausa breve
E não existo mais
interrompendo-se

O OUTRO
Você não existe

O UM
Não eu não existo
Pausa breve

O OUTRO
Mas veja só

O UM
O quê

O OUTRO
É
pois é
pausa breve
pois é mas assim é a vida
pausa muito breve
não há de ser tão ruim
assim
pausa muito breve
são muitos os lugares
para onde ir

O UM
É

talvez
ou talvez não exista
nenhum lugar para onde ir
pausa muito breve
mas também é preciso
pausa muito breve
estar em algum lugar mesmo
pausa breve
mas não suporto o barulho
pausa muito breve
o barulho dos outros
o barulho de tudo que acontece
pausa muito breve
me pressionando
e me sufocando
Pausa muito breve

O OUTRO
Você quer ficar sozinho

O UM
Não posso ficar sozinho

O OUTRO
Você não pode ficar sozinho
nem ter companhia de ninguém

O UM
Não suporto todo esse ruído

O OUTRO
Você prefere o silêncio

O UM
Eu prefiro o silêncio
pausa muito breve
e quero também que
nem tudo seja tão visível

O OUTRO
E tudo é muito visível

O UM
Tudo é muito visível
tudo pode ser visto
tudo aquilo que se oculta com o que é dito
sem nem mesmo quem diga se dê conta
tudo isso eu consigo perceber

O OUTRO
Você não quer a companhia de ninguém

O UM
Não

O OUTRO
E não quer estar sozinho
Por que não quer estar sozinho

O UM
Porque se estou sozinho
então só vejo a mim mesmo
e também só ouço a mim mesmo
E não gosto de ver e de ouvir apenas a mim mesmo
pausa muito breve

claro que não
pausa muito breve
quer dizer
interrompendo-se

O OUTRO
Será que isso já não basta

O UM
Não isso não melhora as coisas
pausa muito breve
é pior ainda

O OUTRO
Você não gosta de si mesmo

O UM
Não

O OUTRO
Você não gosta dos outros
e não gosta de si mesmo

O UM
É
é desse jeito
Pausa

O OUTRO
Do que é que você não gosta
em si mesmo

O UM
Não gosto de não ser alguém

O OUTRO
Você não é alguém

O UM
Não
Pausa

O OUTRO
Como é que você pode falar assim
Claro que você é alguém
Claro que é muitas coisas

O UM
Eu sou alguém
Pausa breve
mas se estou sozinho
pausa muito breve
e se apenas
escuto a mim mesmo
então nesse caso
interrompendo-se

O OUTRO
Então o quê

O UM
Nesse caso não tem nada ali
pausa muito breve
e eu me sinto pesado

O OUTRO
Você sente um peso

O UM
É

O OUTRO
Pesado

O UM
Como se eu fosse uma pedra
é
pausa muito breve
e então ela fica
é a pedra
é cada vez mais pesada
pausa muito breve
e eu sinto um peso tão grande
que mal consigo me mexer
pausa muito breve
um peso tão grande
que me faz afundar
pausa muito breve
descer e descer
lá embaixo
pausa muito breve
nas profundezas do mar
sim até bater no fundo
eu desço
e então
pausa muito breve
sim fico lá

nessa fundura
Pesado
Imóvel

O OUTRO
Quer dizer
que é como se você fosse uma pedra
pausa muito breve
é como se fosse
é assim
é você agora não diz nada

O UM
Não sei bem o que dizer
pausa muito breve
porque cada palavra precisa ser arrancada
precisa ser solta
pausa muito breve
e então
quando a palavra está lá
quando a palavra é dita
ela tem um peso grande
pausa muito breve
e nisso também me arrasta para baixo
pausa muito breve
e me faz afundar e afundar

O OUTRO
É assim mesmo
As palavras têm um peso

O UM
É
Pausa breve

O OUTRO
Mas por que é assim

O UM
É assim e pronto
Pausa breve

O OUTRO
Você é uma pedra
Pausa muito breve
E é cinza
pausa muito breve
como uma pedra

O UM
É
pausa muito breve
como se fosse
interrompendo-se
Não isso não

O OUTRO
Não o quê

O UM
Cinza não

O OUTRO
Como assim

O UM
Essa coisa de cinza
Não é cinza

O OUTRO
Não

O UM
Afinal cinza é
uma cor bonita

O OUTRO
Bonita

O UM
Sim bonita
e feia
pausa muito breve
cinza são as ilhotas e os recifes ermos
olhe bem
olhe lá longe
Está vendo as ilhotas e os recifes
Eles são cinza

O OUTRO
É bonito
pausa muito breve
e feio

O UM
É

O OUTRO
Como se fosse o nevoeiro

O UM
É um pouco isso
é como o nevoeiro que se vê
em alto-mar
um pouco assim
pausa muito breve
talvez
Pausa muito breve
Não não é cinza como
o nevoeiro
pausa muito breve
mas

O OUTRO
O quê

O UM
continuando
assim como
é talvez
é talvez como um muro de concreto

O OUTRO
É como se tudo fosse apenas um muro de concreto

O UM
Eu sou um muro de concreto
que começa a rachar

O OUTRO
E isso dói

O UM
Isso dói sim

O OUTRO
E apenas dói

O UM
É

O OUTRO
Tudo que você é
pausa muito breve
é um muro de concreto
que começa a rachar

O UM
E vem abaixo
pausa muito breve
aos pedaços

O OUTRO
Você está aos pedaços

O UM
Não eu estou rachando
pausa muito breve
não não é isso também

O OUTRO
Desmoronando

O UM
Sim de certa maneira
pausa muito breve
talvez
pausa muito breve
talvez eu esteja desmoronando

O OUTRO
Você está aos pedaços

O UM
É
pausa muito breve
quer dizer
pausa muito breve
são só palavras
coisas que a gente diz

O OUTRO
Você é um muro de concreto
que está desmoronando

O UM
São só palavras
Pausa

O OUTRO
Mas veja só
pausa muito breve
será que você não pode me dizer
pausa muito breve
o que lhe agrada

o que faz com que você goste
de estar
pausa muito breve
sim no mar

O UM
Claro que posso
Pausa breve

O OUTRO
Pois então diga

O UM
Eu
pausa
eu
sim
sim está vendo lá longe
aquelas ilhotas e recifes
lá longe
apontando
aqueles montes lá
cinzentos
só os montes cinza
pausa muito breve
e está vendo os rochedos na praia
enormes
arredondados
e cinza
está vendo
pausa muito breve
lá
lá longe

O OUTRO
Estou

O UM
E está vendo aquela enseada lá
pausa muito breve
lá
lá onde as ilhazinhas parecem duas pernas abertas
pausa muito breve
lá onde forma uma enseada
apontando
bem ali
está vendo

O OUTRO
Estou

O UM
É lá que podemos ancorar
Lá o barco vai estar seguro
Pausa muito breve
Vamos navegar até lá
pausa muito breve
e atracar o barco lá mesmo

O OUTRO
Sim
podemos ir sim

O UM
Então vamos
O um gira o leme, e o barco desliza na direção da enseada

O OUTRO
É bonito aqui
Pausa muito breve
E hoje o mar está calmo
Pausa muito breve
Todas essas ilhotas e recifes
E o mar
pausa muito breve
sim lá longe
pausa muito breve
o mar aberto

O UM
É

O OUTRO
E então
bem ali na nossa frente
entre nós e o mar
por trás da ilhota
tem uma bela enseada para nos abrigar

O UM
E lá podemos ancorar e
pausa muito breve
é se quisermos
sim podemos pernoitar até amanhã

O OUTRO
E por acaso estaremos seguros

O UM
O tempo está firme

O OUTRO
Será que não vai começar a ventar
Porque tem um pouco de névoa
sim lá longe em alto-mar

O UM
Não
pausa muito breve
acho que não

O OUTRO
Certeza

O UM
Certeza não tenho como ter
Pausa
Vamos navegar até lá

O OUTRO
Vamos

O UM
Você quer

O OUTRO
Podemos ir

O UM
Podemos
Pausa

O OUTRO
E você gosta desse silêncio todo

O UM
Gosto
Pausa muito breve

O OUTRO
Então deve ser por isso
mesmo
que você gosta tanto
do mar

O UM
Talvez

O OUTRO
Você se sente tão à vontade no mar
porque gosta que tudo esteja em silêncio

O UM
Não sei se é disso que gosto
Porque também tem os sons
sim os do mar
O marulho
O vento
O grasnado

O OUTRO
Mas você não gosta dos sons

O UM
Não
pausa muito breve
quer dizer
interrompendo-se

O OUTRO
Mesmo assim o mar
tem essa quietude
pausa muito breve
é como se aqui os sons se calassem

O UM
É
pausa muito breve
de certo modo
aqui faz silêncio

O OUTRO
Mas quando existe vida as coisas podem ser ouvidas
as coisas podem ser vistas
É assim que é

O UM
É
Pausa

O OUTRO
E disso você não gosta
Pausa
Não gosta de viver a vida
Pausa
Porque se gostasse
bem
interrompendo-se. Pausa
Mas no mar você gosta de estar

O UM
Sim

Pausa
Não
pausa muito breve
não
pausa muito breve
quer dizer eu
interrompendo-se

O OUTRO
O que você quer dizer

O UM
Bem
pausa muito breve
eu estou aqui
sim
sim ocupo meu lugar
cada um ocupa seu lugar
Eu ocupo meu lugar
Tudo ocupa seu lugar
Pausa breve

O OUTRO
Mas você não devia estar aqui
pausa muito breve
quero dizer
aqui no barco
interrompendo-se

O UM
Eu estou aqui

O OUTRO
Mas não quer estar aqui

O UM
Eu não quero estar em nenhum outro lugar

O OUTRO
Você não quer nada
pausa breve
será que é possível não querer nada
pausa muito breve
se você sentir frio
vai querer vestir uma roupa
pausa muito breve
sim
sim ou se aquecer
sim de um jeito ou de outro

O UM
É
Pausa

O OUTRO
E se sentir fome
ou sede
então
interrompendo-se

O UM
Aí vai querer comer
vai querer beber

O OUTRO
É
Pausa breve
E essas vontades você tem

O UM
Às vezes
Pausa

O OUTRO
Mas então de alguma coisa você tem vontade

O UM
Talvez
pausa muito breve
se é que isso é uma vontade

O OUTRO
E não é

O UM
Deve ser só porque estamos aqui
interrompendo-se, pausa muito breve
que tudo isso aqui
interrompendo-se, pausa muito breve
quer dizer tudo isso que você disse
interrompendo-se, pausa breve

O OUTRO
Talvez
Pausa
E se alguém

eu
é se eu tentasse agredi-lo

O UM
Nesse caso eu ia tentar me defender

O OUTRO
E isso não é ter vontade

O UM
Talvez
pausa muito breve
porque dói quando alguém nos agride
Pausa

O OUTRO
Pois então a vida precisa viver

O UM
A vida precisa viver

O OUTRO
E disso
pausa muito breve
você não gosta

O UM
Claro que gosto

O OUTRO
E como
pausa muito breve

como
então eu
interrompendo-se

O UM
Porque nem sempre é assim

O OUTRO
Nem sempre é como você disse

O UM
Não
pausa muito breve
não também pode ser diferente
às vezes não é assim

O OUTRO
No mar
é diferente

O UM
É

O OUTRO
E quando você era criança
também não era assim

O UM
Não

O OUTRO
E como era então

O UM
Tudo era movimento
Pausa. O um vai e suspende a âncora
Mas agora
pausa muito breve
pois é então chegamos
como você pode ver
na nossa enseada

O OUTRO
É
O um larga a âncora no mar

O UM
E então
pausa muito breve
será que você não pode ir até o convés
pausa muito breve
ir até a popa
e amarrar a corda
pausa muito breve
a corda
sim está bem ali na popa
apontando
sim ali
sim ali dentro daquela caixa
apontando
mas se apresse
apontando
sim
sim vá logo lá no convés

O OUTRO
E depois

O UM
Bem
pausa muito breve
depois então
sim quando nos aproximarmos da terra firme
então você salta do barco
é isso

O OUTRO
E depois

O UM
E depois você prende o barco com a corda

O OUTRO
Certo

O UM
Sim mas então vá
por favor
Temos um pouco de pressa
Vá logo

O OUTRO
Certo
pausa muito breve
certo estou indo o mais rápido que posso
O outro cruza o convés e vai até a popa, apanha a corda

O UM
E agora
salte já
Pausa muito breve
Agora você tem que saltar
Salte na terra
O outro salta, escorrega, cai, se machuca
Você se machucou

O OUTRO
Escorreguei
O outro tenta levantar, se firmar em pé, mas sente dores

O UM
Está tudo bem

O OUTRO
Sim
pausa muito breve
sim acho que me machuquei um pouquinho

O UM
Foi

O OUTRO
Mas está tudo bem

O UM
Agora amarre a corda ali
pausa muito breve
bem ali
pausa muito breve
naquele poste de amarração ali está vendo

O OUTRO
Estou
Pausa

O UM
Está doendo

O OUTRO
Um pouquinho
só
pausa breve

O UM
Mas faça isso
por favor

O OUTRO
Sim
pausa breve
mas o que tenho que fazer

O UM
Você precisa amarrar bem a corda
pausa muito breve
naquele poste ali não está vendo

O OUTRO
E depois

O UM
Depois é só subir a bordo de novo

O OUTRO
Mas não vou conseguir
O barco está muito longe de mim

O UM
Puxe o barco para perto de você

O OUTRO
Certo
Pausa muito breve
Vou tentar
O outro arrasta o barco para mais perto
Não consigo puxar mais

O UM
Não
Pausa breve
Consegue subir a bordo

O OUTRO
Posso tentar
O outro pula e agarra a balaustrada e consegue escalar até o convés

O UM
Não foi fácil

O OUTRO
Não
pausa muito breve
não foi
mas deu certo

O UM
Deu
Pausa

O OUTRO
E agora
o quê
pausa muito breve
sim agora
sim agora que o barco está amarrado
o quê
interrompendo-se, pausa muito breve
sim o que acontece agora
Pausa

O UM
O quê

O OUTRO
Sim o quê
pausa muito breve
o que agora

O UM
O quê
Pausa breve
Depois que se ancora o barco
é
pausa muito breve
é sim
pausa muito breve
é acho que então é hora de tomar um trago

O OUTRO
Um brinde à terra firme

O UM
Justo
pausa breve
vou servir uma dose para nós

O OUTRO
É
Um traguinho vai cair muito bem
O um vai buscar uma garrafa e copos

O UM
É verdade um trago vai cair muito bem agora
O um vai e entrega ambos os copos para o outro, serve a bebida, pega seu copo
Vai cair bem
Pausa breve. O um devolve a garrafa ao lugar
E vamos brindar

O OUTRO
Saúde
Eles brindam e bebem

O UM
Ah essa caiu bem
Pausa
E aqui é muito bonito
não é
pausa muito breve

esses recifes cinza
ermos
nada cresce lá
pausa muito breve
as ilhotas nuas
cinza e pretas
e os rochedos lá na praia
aqueles rochedos arredondados
pausa muito breve
e depois
mais além
lá atrás
está o mar
pausa muito breve
é lá que
céu e mar se encontram
pausa muito breve
e o mar está calmo

O OUTRO
Está

O UM
E nada cresce ali
pausa muito breve
é só a pedra cinza

O OUTRO
E tem tantas ilhotas por aqui
tantos recifes
Pausa muito breve
E o mar

E o céu
Pausa longa. O um volta a encher os copos, eles bebem

O UM
É bom ter uma coisinha para beber

O OUTRO
É
Pausa breve

O UM
E está tudo tão quieto por aqui

O OUTRO
Só se ouve o barulho das marolas
batendo contra o barco

O UM
É
e o barco navegando tão leve
pausa muito breve
estamos leves
de um jeito
pausa muito breve
o vento está em nós

O OUTRO
É como se flutuássemos

O UM
É
É uma sensação boa

O OUTRO
E até o barco flutua

O UM
Flutua de leve
flutua devagar
pausa muito breve
é assim mesmo

O OUTRO
Estamos tão leves
Estamos leves como o vento
pausa muito breve
quase isso

O UM
E lá bem no alto
também flutuamos
pausa muito breve
bem suavemente
com o barco

O OUTRO
É
Pausa
Sim
pausa muito breve
pois é estamos bem leves
pausa muito breve
é isso
pausa muito breve
mas venha cá

pausa muito breve
sim agora mesmo
você disse
disse que às vezes
se sentia muito pesado
pausa muito breve
que se sentia até como uma pedra

O UM
Foi
Pausa breve

O OUTRO
O que você quis dizer com isso

O UM
Não nada de mais

O OUTRO
Nada de mais
Mas alguma coisa você quis dizer

O UM
São só palavras
É só um jeito de falar
Não quis dizer nada de mais
Foi só dá boca para fora

O OUTRO
Só da boca para fora

O UM
Foi
pausa muito breve
eram só palavras

O OUTRO
Pedra
A palavra pedra

O UM
Foi só força de expressão

O OUTRO
Foi

O UM
Foi
pausa muito breve
sim
pausa muito breve
não é nada além disso
pausa muito breve
a gente é que tenta dizer como uma coisa é
dizendo outra coisa

O OUTRO
Porque não conseguimos dizer
como essa coisa realmente é

O UM
É
pausa muito breve

claro que é
Pausa breve

O OUTRO
São apenas palavras

O UM
Palavras e palavras
Pausa

O OUTRO
Mas isso que você disse
pausa muito breve
essa coisa de ser um muro de concreto
que começa a rachar

O UM
Eu me expressei mal

O OUTRO
Era uma imagem

O UM
É
pausa muito breve
acho que era bem isso
digamos que era uma imagem

O OUTRO
E uma imagem
interrompendo-se

O UM
Sim ela significa alguma coisa
pausa muito breve
algo insignificante
pausa muito breve
mas na verdade quer dizer é outra coisa
pausa muito breve
e não aquilo que se diz
por assim dizer

O OUTRO
Isso mesmo
uma imagem
deve dizer como as coisas são
pausa muito breve
porque a gente não consegue se expressar de outro jeito
só assim

O UM
É
é acho que é assim

O OUTRO
Mas acaba sempre dizendo outra coisa

O UM
É bem assim mesmo
pausa muito breve
e isso vale para todas as palavras
pausa muito breve
mas essa coisa
o que é essa coisa

nem sei se se pode chamar assim
porque bem isso
não é uma palavra

O OUTRO
É algo que é
Pausa muito breve
E algo que não existe de maneira alguma
e mesmo assim está mais presente
do que aquilo que existe
e que
interrompendo-se

O UM
Sim
Pausa breve
Mas
bem
pausa muito breve
veja só tudo o que eu digo
não é possível dizer
Eu sei que não
Pausa breve
E então nem vale a pena dizer
Mas
pausa muito breve
mas eu
pausa muito breve
pois é eu estou vivo
e então devo dizer alguma coisa
pausa muito breve
E então
interrompendo-se

O OUTRO
Então o quê
Pausa muito breve
O que acontece então

O UM
Será que alguma coisa vai acontecer

O OUTRO
Sim não podemos simplesmente ficar aqui
pausa muito breve
sim aqui nesse barco
pausa muito breve

O UM
Claro que podemos

O OUTRO
Quem sabe possamos

O UM
Agora que está tudo quieto

O OUTRO
Sim
pausa muito breve
isso mesmo agora que tudo
está quieto
Pausa breve

O UM
Você não gosta disso

O OUTRO
Claro que sim

O UM
Mas não totalmente

O OUTRO
Claro que sim
pausa muito breve
mas não estou entendendo direito
pausa muito breve
não sei ao certo
o que é essa coisa
o que há de tão bom nisso
por assim dizer

O UM
Não

O OUTRO
Será que você não consegue me explicar

O UM
Não
pausa muito breve
não acho que dá no mesmo

O OUTRO
Como se fosse

O UM
É

Pausa
Pois é eu simplesmente gosto
eu simplesmente gosto
que tudo esteja quieto
pausa muito breve
e dessa brisa suave
eu também gosto
pausa muito breve
eu gosto
pausa muito breve
de estar leve
de balançar levemente
nesse barco pesado
pausa muito breve
É bom

O OUTRO
É

O UM
Gosto de estar no barco

O OUTRO
É
pausa muito breve
eu posso muito bem
interrompendo-se
quer dizer eu também
eu
também gosto do cheiro da maresia
Pausa breve
E também gosto de ficar admirando

aqueles rochedos arredondados na praia
pausa muito breve
os recifes
as ilhotas
Pausa muito breve
E gosto também de admirar
o céu
E o mar
E também gosto de
pausa muito breve
sim de estar no barco
sim de estar a bordo
Não achava
que fosse gostar
Mas gosto

O UM
Muito bem
pausa
e eu também
gosto de
pausa muito breve, apontando
ali está o oceano
frio e perigoso
calmo e imenso
pausa muito breve
e você caído
sim em pleno oceano
sim e nem por tanto tempo
sim
interrompendo-se

O OUTRO
Nesse caso você congelaria
até morrer
pausa muito breve
desapareceria para sempre

O UM
É
Pausa
Nós estamos completamente conectados
interrompendo-se, pausa muito breve
sim
sim se não fosse o barco
pausa breve
bastam uns passinhos de lado
pausa breve
para deixarmos de existir

O OUTRO
É
Pausa breve
Mas você gosta de
pausa muito breve
você gosta de pensar nisso

O UM
Sim
pausa muito breve
até que gosto mesmo

O OUTRO
Mas isso é assustador

O UM
É
É bem assustador

O OUTRO
Porque
pausa muito breve
sim esse barco é tão pequeno e
interrompendo-se

O UM
É

O OUTRO
E no mar
nesse imenso mar
você tem que estar aqui
a bordo do barco
por dias a fio
semanas

O UM
É
Pausa breve

O OUTRO
E disso você gosta

O UM
Gosto

O OUTRO
Sempre

O UM
Não nem sempre
Pausa

O OUTRO
Quando é que você não gosta

O UM
Não gosto quando estou sozinho

O OUTRO
Você não gosta de estar sozinho no barco

O UM
Não

O OUTRO
Por que não

O UM
Não
pausa breve
não tenho nada para falar

O OUTRO
Ora não diga

O UM
É isso

O OUTRO
Você fica com medo

O UM
Sim
não
pausa muito breve
não é bem com medo
mas
interrompendo-se

O OUTRO
Por que você fica com medo

O UM
Porque
interrompendo-se

O OUTRO
Pode dizer

O UM
Porque tenho medo de pular

O OUTRO
Pular no mar

O UM
É
Pausa

O OUTRO
Você costuma pensar nisso

O UM
O tempo todo

O OUTRO
Você pensa nisso sempre
quando está sozinho no barco

O UM
É
pausa muito breve
quer dizer não é bem pensar
mas
interrompendo-se

O OUTRO
E você passa muito tempo
sozinho no barco

O UM
Sim

O OUTRO
E está sempre lá

O UM
É sempre
Pausa breve

O OUTRO
Como um pensamento

O UM
Não é bem um pensamento
pausa muito breve
quer dizer é também

pausa muito breve
mas
sim
sim também é isso
pausa muito breve
e então
talvez seja mais como um pavor
pausa muito breve
não isso estaria errado

O OUTRO
São só palavras

O UM
Sim

O OUTRO
Mas é como se algo estivesse por perto
estivesse por ali
existisse ali
pausa muito breve
não exatamente como um pensamento
não exatamente como um pavor
mas como uma presença

O UM
É
pausa muito breve
talvez seja isso

O OUTRO
Você não tira isso da cabeça

O UM
Claro que sim
pausa muito breve
claro que acontece
pausa muito breve
ou não
Pausa

O OUTRO
É essa presença o tempo inteiro

O UM
É bem isso

O OUTRO
E você nem se dá conta disso
quer dizer
quando está
sozinho no barco

O UM
Não
pausa muito breve
não mesmo
nessa hora isso desaparece
Pausa

O OUTRO
Essa
interrompendo-se

O UM
Não tenho muito o que dizer a respeito
O um vai servir mais uma dose ao outro, que ergue a mão

O OUTRO
Não obrigado
para mim já deu
O um serve uma dose para si
É bom tomar um trago
mas
interrompendo-se

O UM
Sim

O OUTRO
Ajuda a relaxar
a gente fica mais calmo depois que bebe

O UM
Fica
Pausa

O OUTRO
E então
pausa muito breve
e então cá estamos
no barco
pausa breve
e então
o que mais

O UM
Posso preparar uma comidinha para nós
Uma coisa simples

O OUTRO
Seria muito bom
mesmo

O UM
Ou podemos continuar navegando

O OUTRO
E então

O UM
Então vamos navegar

O OUTRO
E então

O UM
E aí teremos que encontrar uma nova enseada
onde possamos ancorar

O OUTRO
É
Pausa
Só isso

O UM
Só
Pausa breve

Acho que é só isso
Pausa

O OUTRO
Talvez possamos navegar um bocadinho mais

O UM
Podemos sim

O OUTRO
Estou achando que não deve ser tão seguro aqui
à noite quero dizer
Pode vir a ventania
E o mar
pausa muito breve
o mar está logo ali
E tem essa nevoazinha
Tem uma névoa pairando sobre a água
E bem na nossa frente
entre nós e o mar aberto
só tem essa ilhota pequenina
o monte cinza

O UM
É
Pausa muito breve
Mas não acho que vá ventar
Pausa muito breve
O mar está calmo
O céu está claro

O OUTRO
Não talvez não
Pausa muito breve

O UM
Vou preparar uma comidinha para nós

O OUTRO
Seria muito bom
O um vai e acende o fogo, põe uma panela sobre ele, abre uma lata e despeja o conteúdo na panela
Estou com um pouco de fome
é
percebi que estou

O UM
A comida fica muito mais saborosa no oceano

O OUTRO
Me deu até vontade de comer alguma coisa

O UM
Certo
Pausa longa
Mas sabe

O OUTRO
O quê

O UM
A comida fica mais gostosa no mar
é

mas eu achava
interrompendo-se, pausa muito breve. O um mexe a comida na panela

O OUTRO
Sim

O UM
Não é nada
Pausa muito breve
Vou arrumar a mesa
Pausa breve. O um vai buscar os utensílios, põe a mesa

O OUTRO
Talvez um pouco de vinho para acompanhar
Será que tem vinho

O UM
Sim
tem sim
Pausa breve
Eu posso abrir uma garrafa
O um vai buscar uma garrafa de vinho, abre, serve a bebida para o outro e para si

O OUTRO
Estou com muita fome
Acho que é verdade
sim que o apetite aumenta
sim só por estarmos no mar

O UM
Pois uma comidinha vai cair bem agora

O OUTRO
Deve ser a maresia
pausa muito breve
porque algum motivo deve haver

O UM
É
O um ergue o copo
Saúde
O outro ergue o copo

O OUTRO
Saúde
Eles bebem. Pausa

O OUTRO
Mas sabe
pausa muito breve
a vida
sim ela não é tão ruim assim
Nem sempre é
interrompendo-se

O UM
Não

O OUTRO
A vida costuma
ser boa

O UM
É

O OUTRO
E é só de vez em quando que você
bem
é que você diz coisas como
isso de ser uma pedra
ou coisa assim

O UM
Não
pausa muito breve
eu não costumo ser assim

O OUTRO
É
Pausa

O UM
Mas
pausa muito breve
é
é acho que a comida está quase pronta
já
Era só esquentar
Vai ser uma refeição simples
sim claro

O OUTRO
É assim que tem que ser

O UM
Simples e boa
espero
O um põe o copo na mesa, vai e busca a panela

Pelo menos é de comer
Só espero
que tenha um gosto bom
O um serve o outro
Bom apetite

O OUTRO
Obrigado
O um se serve e põe a panela sobre a mesa e o outro começa a comer
Hmm
Delícia
Como é gostoso comer

O UM
Uma comidinha sempre cai bem
O um começa a comer. Pausa

O OUTRO
É
Pausa breve
A vida não é tão ruim
afinal
pausa muito breve
tem comida boa
pausa muito breve
está muito bom isso aqui
simples e bom
o sabor está uma delícia
pausa muito breve
e a bebida
o vinho
é bom também

pausa muito breve
e é sempre bom poder conversar com alguém
pausa muito breve
e ter companhia
pausa muito breve
e mesmo que
sim
sim mesmo que você tenha lá esses seus pensamentos
pausa muito breve
essa coisa de pular
sim mesmo assim você gosta de estar no barco
não é verdade

O UM
Claro que sim
pausa muito breve
claro que gosto
pausa muito breve
é só de vez em quando que
é
sim que eu
interrompendo-se

O OUTRO
Que é como se você não conseguisse
se mexer
pausa muito breve
que você se sente
como se fosse uma pedra

O UM
É
Pausa breve

O OUTRO
Pois é
sim nessa hora uma bebida
vem a calhar
pausa muito breve
um vinho
não é verdade

O UM
É

O OUTRO
E isso de pensar nas coisas
pausa muito breve
sim é o que estou falando agora
por que estou dizendo isso
pausa muito breve
sim isso ajuda
também

O UM
E de certo modo
é estar no mar é também uma coisa
sim que vem à mente
é mais ou menos
pausa muito breve
sim quero dizer
é mesmo estando no mar

O OUTRO
Com certeza
Pausa breve

Tudo é como se fosse
muito bem pensado
de certa forma
de um jeito
ou de outro
tudo é imaginado
não é
pausa muito breve
sim ainda que uma coisa aconteça de verdade
ela também é de alguma forma
imaginada
pausa muito breve
é como se existisse também
outro lugar
pausa muito breve
é desse jeito que acontece não é
sim
sim nas palavras
ou
interrompendo-se, pausa muito breve
sim quero dizer
interrompendo-se

O UM
É
Pausa longa

O OUTRO
A comida estava boa
O outro ergue o copo
Vamos brindar

então
O um ergue o copo

O UM
Vamos saúde
Eles brindam
Mas

O OUTRO
O quê

O UM
É que
é que eu não conheço você

O OUTRO
Não
pausa muito breve
talvez não
talvez não tão bem
pausa muito breve
mas você me conhece
pausa muito breve
um pouquinho ao menos você me conhece
Pausa

O UM
Quero lhe dizer uma coisa
pausa muito breve
mas não sei o que é

O OUTRO
É mesmo

O UM
Dizer alguma coisa
Contar alguma coisa

O OUTRO
É mesmo
Pausa breve
Mas não consegue dizer

O UM
Não
pausa muito breve
sim eu apenas sei
que quero dizer alguma coisa
contar alguma coisa
pausa muito breve
porque isso de viver
interrompendo-se

O OUTRO
Isso de viver

O UM
Sim isso de viver
pausa muito breve
é bem
quer dizer eu acho
que é preciso
interrompendo-se

O OUTRO
O quê

O UM
Não não era nada
Pausa

O OUTRO
E agora
pausa muito breve
agora que já comemos
então
pausa muito breve
sim o que faremos agora

O UM
Agora podemos continuar navegando

O OUTRO
Sim
Pausa
Eu posso limpar a mesa

O UM
Eu posso fazer isso

O OUTRO
Deixe comigo
E depois eu lavo a louça

O UM
Obrigado
Mas a louça pode esperar

O OUTRO
E aí você pode tomar mais uma dose
não pode

O UM
Decerto você também quer mais uma

O OUTRO
Não obrigado
O um serve uma dose para si e o outro recolhe a louça e põe tudo na pia
E então vamos continuar navegando
Pausa muito breve
Vai ser bom
Acho que eu talvez esteja começando a gostar
do mar
é
Pausa
Mas veja
pausa muito breve
veja só
pausa
sim por acaso tem mais alguma coisa que você gosta de pensar
Pausa

O UM
Eu não preciso pensar em nada agora

O OUTRO
Não mesmo

O UM
Não

O OUTRO
Você se sente melhor agora

O UM
Sim
Pausa

O OUTRO
Que bom
Pausa

O UM
E agora
pausa muito breve
agora
pausa muito breve
agora vamos continuar a navegar
pausa muito breve
e agora
sim agora precisamos fazer como antes e içar a âncora
sim vá até o convés
e puxe o barco para perto da terra

O OUTRO
Certo

O UM
Daí você salta na terra e
pausa muito breve
afrouxa as amarras
arrasta o barco para perto
pula a bordo

enrola a corda
e a guarda dentro da caixa
ali no convés

O OUTRO
Perfeito
O outro vai até o convés, puxa o barco para perto da terra, salta na terra, escorrega, fica deitado no rochedo
Puta merda
Estava muito escorregadio aqui
O outro se põe em pé e desamarra a corda, arrasta o barco para perto
Não consigo embarcar
Desse jeito é impossível

O UM
Tente
Você tem que pular
Apenas tente

O OUTRO
Não dá

O UM
Tente puxar o barco mais para perto

O OUTRO
Certo

O UM
Conseguiu

O OUTRO
Só um pouco
Consegui puxar um pouco mais

O UM
Consegue segurar na balaustrada

O OUTRO
Não

O UM
Não mesmo

O OUTRO
Não

O UM
Puxe um pouco mais

O OUTRO
Agora não consigo mais puxar

O UM
O casco está arrastando no fundo

O OUTRO
Está

O UM
Conseguiu

O OUTRO
Estou tentando

O outro mal alcança a balaustrada e se projeta, consegue escalar até o convés, fica de pé
Quase não consegui

O UM
Agora eu vou manobrar o barco e içar a âncora
O outro enrola a corda e a põe na caixa e o um recolhe a âncora
Foi tudo bem aí

O OUTRO
Acho que sim

O UM
E agora

O OUTRO
Para onde vamos agora

O UM
Dar uma voltinha no mar
talvez

O OUTRO
O mar está tão tranquilo

O UM
Muito tranquilo
E sopra uma brisa agradável

O OUTRO
Mas você não pode ir longe mar adentro

O UM
Não
pausa muito breve
não claro que não

O OUTRO
Só um pouquinho
só

O UM
Certo
Pausa. O um põe a mão no leme e o outro fica ao lado olhando para a frente

O OUTRO
O mar é tão assustador

O UM
É

O OUTRO
Preenche tudo que existe

O UM
Mas é lindo
o mar é lindo também

O OUTRO
Talvez

O UM
Você não acha que é lindo

O OUTRO
Acho mais assustador
pausa breve
não precisamos nos afastar tanto da costa

O UM
Não
pausa muito breve
mas um pouco mais além
bem que podemos nos atrever a ir

O OUTRO
Um pouquinho só
então

O UM
Certo
Pausa longa

O OUTRO
Você está rumando direto para o alto-mar

O UM
Sim
Pausa

O OUTRO
Mas por quê

O UM
Você não quer estar no mar
afinal

já que está comigo no barco
e já que está no oceano

O OUTRO
Mas imagine se começar a ventar
Aquela neblina lá longe

O UM
Mas a água está muito tranquila
E o céu está claro
Pausa muito breve
E o vento
ele é bom

O OUTRO
Mas o tempo vira tão rápido
sim aqui no mar

O UM
É mesmo
pausa muito breve
sim vira muito rápido

O OUTRO
Não podemos dar meia-volta

O UM
Ainda não
pausa muito breve
um pouquinho mais
pausa muito breve
precisamos avançar um pouco mais

Só um pouquinho
Pausa longa

O OUTRO
Agora vamos voltar
certo
Pausa longa
Estou um pouco assustado

O UM
É
Pausa
Está bem vou manobrar
Pausa longa

O OUTRO
Mas você continua seguindo adiante
você está indo direto
para o alto-mar
Pausa longa
Estou assustado
pausa muito breve
Estou com medo

O UM
Não está falando sério

O OUTRO
Claro que estou

O UM
Não

pausa muito breve
o barco é bom
ele é seguro
pausa muito breve
o tempo está bom
pausa muito breve
está soprando um vento bom
pausa muito breve
tudo está bem

O OUTRO
Mas estou com muito medo

O UM
Eu também

O OUTRO
Você também

O UM
Sim
Pausa

O OUTRO
Pois então você não pode dar meia-volta
pausa muito breve
não pode

O UM
Claro que posso
O um mantém o curso para alto-mar. Pausa longa

O OUTRO
Agora chega

O UM
Não

O OUTRO
Dê meia-volta
Pausa longa
Vamos deixar disso
pausa muito breve
chega de brincadeira
pausa muito breve
dê meia-volta
você não pode

O UM
Claro que posso
pausa muito breve
já já
já vou manobrar

O OUTRO
Mas me conte alguma coisa então
diga alguma coisa
você disse que queria me dizer algo
me contar algo

O UM
Mas eu não tenho nada a dizer
nada para contar
Pausa longa

O OUTRO
Diga por que você fez isso

O UM
Não eu
Pausa breve
Eu
interrompendo-se. Pausa

O OUTRO
Ei

O UM
Eu
interrompendo-se

O OUTRO
Pois é
pausa muito breve
eu
diga

O UM
Eu
interrompendo-se
não não é nada

O OUTRO
Claro que é diga
Pausa

O UM
Eu sempre tive medo de que isso acontecesse

eu achava que iria acontecer
eu tinha medo por isso

O OUTRO
É mesmo

O UM
E então aconteceu

O OUTRO
Foi

O UM
Simplesmente aconteceu

O OUTRO
Foi
Pausa breve

O UM
Não há mais nada a dizer a respeito
Pausa muito breve
E agora eu não estou mais aqui

O OUTRO
É
Pausa breve
Mas por quê
pausa muito breve
por que isso aconteceu

O UM
Simplesmente aconteceu

Eu sabia que iria acontecer
E então aconteceu
Pausa

O OUTRO
Foi
Pausa breve
Mas você não pode dar meia-volta

O UM
Claro que posso
pausa muito breve
claro já vou voltar
Pausa

O OUTRO
O que aconteceu

O UM
Eu
interrompendo-se

O OUTRO
Não
Pausa muito breve
Não diga nada
Pausa breve
Ei
pausa muito breve
sim
pausa muito breve
sim quando estivermos em alto-mar

tudo o que conseguiremos avistar é o farol
bem distante
ali
pausa muito breve
sim você se lembra
então

O UM
interrompendo-se
Sim
Pausa longa
Agora estamos navegando bem

O OUTRO
Sim estamos indo rápido
Pausa breve

O UM
Pegue o leme
ei

O OUTRO
Não eu não tenho coragem

O UM
Claro que tem
tome pegue
O outro assume o leme
Fique calmo
mantenha o rumo
O um vai e fica em pé no convés

O OUTRO
Não você não pode ficar aí
Aqui
Em alto-mar
Por que você faz assim
Por que tem que ficar aí
Venha
Sente aqui de novo
Pausa muito breve
Começou a ventar mais forte agora
As ondas estão altas
Eu não tenho coragem de fazer isso
E estamos nos aproximando do nevoeiro
Pegue o leme
por favor
Estou com medo
Venha já
Não fique aí
É perigoso

O UM
Não
pausa muito breve
não se preocupe está tudo bem
aqui

O OUTRO
Não fique em pé aí
Venha cá
Não faça isso
Venha cá
As ondas estão enormes

Venha cá
Estou com medo
Pausa muito breve
Não quero conduzir o barco
Pegue o barco
ei
Pausa muito breve
Venha cá
Tome cuidado
Venha já

O UM
Estou tomando cuidado
Pausa muito longa

O OUTRO
E então ele ficou ali no convés
Ficou em pé ali olhando
pausa muito breve
e então
pausa muito breve
sim e então
então ele meio que tropeçou
pausa muito breve
e então caiu ali no mar
pausa muito breve
e eu peguei um colete salva-vidas
e joguei para ele
e as ondas estavam altas
pausa muito breve
mas ele não quis pegar o colete
pausa muito breve

e as ondas arrebentaram nele
pausa muito breve
e ele estava sobre ondas
pausa muito breve
ele estava sob as ondas
pausa muito breve
ele ficou lá no mar
e as ondas estavam altas
pausa muito breve
eu peguei o croque
tentei alcançá-lo
tentei fisgá-lo com o gancho
mas ele se esquivou do croque
pausa muito breve
ele estava sobre as ondas
pausa muito breve
ele estava sob as ondas
pausa muito breve
e então eu o vi flutuando ali atrás do barco
pausa muito breve
e eu
pausa muito breve
eu nunca tinha pilotado um barco
eu não sabia fazer nada
em pleno mar aberto
o barco estava à deriva
o vento enfunando as velas
o que eu tinha que fazer
eu virava o leme
nada acontecia
o barco ficou lá à deriva
e então

de repente
o barco avança
mas onde estava ele
Fiquei procurando
gritando
cadê você
ele não estava em lugar nenhum
eu preciso encontrá-lo
preciso descobrir onde ele está
o barco avança
eu giro o leme
o barco para
as velas tremulam
o barco à deriva
e então o barco recua
e eu procuro
eu grito
Cadê você
o barco fica parado
o vento enfuna as velas
eu giro o leme
o barco avança
fico procurando por ele
eu grito
Cadê você
Grito de novo
Cadê você
Eu procuro
O barco avança
eu fico procurando
giro o leme
o barco avança

Eu procuro
Mas não consigo vê-lo

O UM
Eu fui embora

O OUTRO
Eu grito
Cadê você
O barco avança
Eu grito
Cadê você
O barco avança
Eu espero
Eu grito
Cadê você

O UM
Eu fui embora

O OUTRO
Eu espero
O barco avança
Eu giro o leme
O barco avança
Preciso fazer alguma coisa
Pausa longa
Olho lá longe
pausa muito breve
e tudo que se vê
é o mar aberto
Tudo é vazio

Só mar
Só céu
Só vazio
só pretume
só branco
e então as ondas
as ondas ficaram altas
pausa muito breve
eu olho em direção à terra
pausa muito breve
e lá longe
pausa muito breve
lá longe eu consigo avistar o farol
pausa muito breve
e agora as ondas arrebentam no barco
E eu não posso mais ficar aqui
Eu espero
Eu grito
Cadê você
O barco avança
Eu espero
Eu giro o leme
O barco avança
Eu seguro firme o leme
e as ondas
as ondas estão altas agora
ondas pretas e brancas
e o céu começou a escurecer
O mar está preto
Eu grito
Cadê você
Eu grito

Eu não sei o que fazer
Eu olho para o farol
Eu vou na direção do farol
Eu olho para trás
Eu grito
Cadê você
Só vejo o céu preto
E o mar preto
E as ondas pretas e brancas
E o barco subindo e descendo muito
E o barco sobe
e depois desce
Eu avisto o farol
Eu vou na direção do farol
Eu seguro firme o leme
E o barco sobe e desce

O UM
Eu fui embora

O OUTRO
Eu grito
Cadê você

O UM
Eu já não tenho mais medo
Eu já não sou mais pesado
Sou apenas o peso
e não sou mais o peso
Sou movimento
Eu fui embora com o vento
Eu sou o vento

O OUTRO
Eu olho para o farol
Eu grito
Cadê você

O UM
Eu fui embora

O OUTRO
Eu grito
Cadê você

O UM
Não agora eu fui

O OUTRO
E o barco sobe
e desce
sobe
e desce
e as ondas
as ondas pretas
as ondas brancas
pausa muito breve
e então a chuva
E então chove
E o vento enfuna as velas
E o barco sobe e sobe
ainda mais alto
e então desce e desce
até o fundo
e depois sobe

pausa muito breve
e eu olho para o farol
seguro o leme
Pausa longa

O UM
Não eu fui embora
Pausa longa

O OUTRO
Mas por que você fez isso

O UM
Eu apenas fiz

O OUTRO
Mas você tinha tanto medo de fazer isso

O UM
Eu estava com muito medo
E por isso mesmo fiz
Eu sabia que ia fazer isso
Pausa breve
Eu era pesado demais
pausa muito breve
e o mar era leve demais
E o vento tinha esse movimento

O OUTRO
Eu pensei que era só coisa da sua cabeça
um medo que você tinha

O UM
Eu também
Eu também achava que era isso

O OUTRO
Mas então você fez

O UM
Eu fiz

O OUTRO
E por que você fez

O UM
Eu apenas fiz
Pausa muito breve
Estávamos no barco
E eu apenas fiz
Pausa muito breve
Fiz porque eu estava pesado demais

O OUTRO
Você fez

O UM
Eu não estou mais aqui

O OUTRO
Você fez

O UM
Eu fiz

O OUTRO
E você fez mesmo
sim
sim porque
interrompendo-se

O UM
Eu fui embora
Fui embora com o vento

O OUTRO
Agora você se foi

O UM
Não eu fui embora
Eu fui embora com o vento
Eu sou o vento

Cada um

PERSONAGENS

Primeiro jovem
Primeira velha
Segundo jovem
Segunda velha
Primeiro velho
Segundo velho

Luzes

PRIMEIRO JOVEM
Mas eu acabei de vê-lo ali
apontando
bem ali
Pausa breve
Porque não está assim tão escuro
que me impeça de enxergar
pausa muito breve
sim eu vi que era ele
Pausa breve
É como se ele sempre estivesse me perseguindo
pausa muito breve
ou talvez não
talvez ele simplesmente
apareça assim por si mesmo
sem qualquer razão
pausa muito breve
como se surgisse do nada

Pausa breve
E como isso me perturba
que ele apareça assim
Pausa breve
Não tenho como negar que sim
Que isso me perturba sim
Pausa. Vira abruptamente
Mas ali
apontando para outra direção
lá está ele novamente
pausa muito breve
ou
pausa muito breve
ou talvez não
talvez ele estivesse ali
ou talvez não estivesse ali
talvez fosse ele
ou talvez fosse um outro
talvez um outro que eu nunca tenha visto antes
ou talvez uma outra que eu nunca tenha visto antes
Pausa muito breve
Ou talvez
pausa muito breve
ou talvez fosse a minha mãe
pausa muito breve
ou talvez
pausa muito breve
fosse o meu pai
pausa muito breve
mas acho que era a minha mãe
Não ela não era
não a minha mãe

não nunca ela
não ela
a minha mãe não
não aqui
não agora
porque ela mora num lugar totalmente diferente
pausa
então não era ela
e o meu pai não era
porque ele também mora
num lugar totalmente diferente
pausa muito breve
e então
bom então só pode ter sido ele
pausa breve
mas por que ele me persegue
Não tem motivo algum
para ele fazer isso
pausa breve
mas não tem por que haver
um motivo
É só uma maneira de pensar
pausa muito breve
achar que para tudo há um motivo
pausa muito breve
mas o mais provável é que não haja motivo
não para tudo
pausa muito breve
ou alguma causa
pausa breve
causa e efeito
pausa muito breve

espaço e tempo
pausa muito breve
desculpas e pretextos
pausa muito breve
existe algum pretexto
para uma desculpa
existe algum pretexto
para ele me perseguir
pausa muito breve
não mas qual seria a razão
que o faria agir assim
não eu não posso ser a razão
por que seria logo eu a razão
para que alguém me perseguisse
pausa muito breve
não qual seria a razão
qual seria a razão que o levaria a agir assim
não eu não posso ser a razão
por que eu seria a razão disso
Pausa. Ele olha em volta, caminha em círculos, espia com cautela ao redor
Não
Não isso deve ser só coisa da minha imaginação
isso de ele estar me perseguindo
Pausa. A primeira velha entra, para, olha para o primeiro jovem. Ele olha para baixo. Pausa longa

PRIMEIRA VELHA
Será que você não me vê
Não repara em mim
Estou aqui afinal
Estou aqui faz tempo

olhando para você
Fiquei aqui
esperando que você me visse
reparasse em mim
Não viu que eu cheguei
Não está me vendo
Ele continua em pé olhando para baixo, como se não tivesse visto ou reparado nela
Você fica aí e
aqui fico eu
pausa muito breve
não estamos tão distantes um do outro
e você não repara que eu cheguei
pois é que eu vim
e estou aqui
pausa breve
nem quando eu falo com você
você repara que eu estou aqui
Pausa muito breve
Estou falando com você
Estou aqui falando com você
Não está me ouvindo
pausa muito breve
ou só age
como se não me ouvisse
Pausa muito breve
Se não olhar para mim logo
se não disser algo para mim
então
interrompendo-se, pausa breve
então não sei o que fazer
pausa muito breve

o que dizer
Pausa longa

PRIMEIRO JOVEM
erguendo o rosto
Tenho certeza de que o vi
bem ali
Rapidamente ele avança

SEGUNDO JOVEM
entra, ele é o mais parecido possível com o primeiro jovem, o cabelo é igual, eles vestem roupas idênticas e assim por diante
Mas aí está você
Eu estava procurando por você
Pausa muito breve
E finalmente você apareceu
Pausa muito breve
Ou não seria correto dizer que eu tentei achar você
que estava procurando por você
porque foi isso que fiz
sim muitas vezes eu lembrei de você
pensei em você sim

PRIMEIRO JOVEM
Que prazer reencontrar você
Pausa muito breve
Mas que surpresa
Nunca achei que eu
encontraria você aqui
pausa muito breve
esbarraria com você aqui

SEGUNDO JOVEM
Já faz um tempo
um bom tempo não é
desde que nos vimos pela última vez

PRIMEIRO JOVEM
Sim já faz um tempo
Muito tempo

SEGUNDO JOVEM
É
Pausa
E tudo bem com você

PRIMEIRO JOVEM
Tudo do mesmo jeito

SEGUNDO JOVEM
Bom saber
Pausa
E continua pintando

PRIMEIRO JOVEM
Sim isso também está tudo na mesma
Eu continuo pintando
E você

SEGUNDO JOVEM
Sim comigo tudo na mesma
Continuo pintando como antes
Pausa breve

Você vai expor em breve não é
eu
interrompendo-se

PRIMEIRO JOVEM
Sim será agora no outono
Pausa breve
Costumo expor sempre no outono
Pausa muito breve
Mas disso você já sabe

SEGUNDO JOVEM
Sim claro
Sei muito bem
Pausa breve
Eu também
como sempre quero dizer
sempre exponho no outono
Pausa

PRIMEIRO JOVEM
Precisamos nos encontrar um dia
tomar uma cervejinha como nos velhos tempos

SEGUNDO JOVEM
Sim como nos velhos tempos
Pausa muito breve
Os velhos tempos
como antigamente
como se diz
era isso que costumávamos fazer

PRIMEIRO JOVEM
Era
pois é era quase um hábito nosso

SEGUNDO JOVEM
Acho que podemos dizer que era
pausa muito breve
pois é nos encontrávamos e bebíamos
e ficávamos jogando conversa fora durante horas

PRIMEIRO JOVEM
Era desse jeito

SEGUNDO JOVEM
Mas agora já faz muito tempo
Tempo demais

PRIMEIRO JOVEM
Faz muito tempo sim
Pausa
E fora isso tudo bem

SEGUNDO JOVEM
É sim
E isso é o que importa
tudo estar como sempre esteve

PRIMEIRO JOVEM
Tudo é para estar como sempre esteve sim

SEGUNDO JOVEM
De mudanças nem você nem eu gostamos

PRIMEIRO JOVEM
Nisso somos iguais

SEGUNDO JOVEM
Mas foi bom rever você

PRIMEIRO JOVEM
O prazer foi meu
Pausa. Ambos olham para baixo

PRIMEIRA VELHA
vai até o primeiro jovem
Mas olhe só
aqui está você sim
pausa muito breve
porque já que não repara em mim
então eu preciso vir até você
pausa muito breve
pois já faz muito tempo que não o vejo
e então
então você simplesmente surge aqui
de repente
pausa muito breve
sim bem na minha frente
em carne e osso você aparece
Pausa muito breve
Pois sim é muito bom rever você
E que surpresa
Nada poderia
me surpreender tanto
quanto ver você parado aí
pausa breve

mas olhe para mim
pausa muito breve
não fique só aí parado
como se eu não existisse
não fique só aí parado
como se não escutasse
não reparasse
que eu estou aqui
que estou falando com você
Ela se aproxima do primeiro jovem
Porque verdade seja dita
eu estou mesmo procurando você
há muito tempo
espero por você
Ela se aproxima ainda mais
E então aí está você finalmente
Surgindo do nada
de repente
para enfim podermos conversar
Pausa muito breve
Porque afinal eu sou sua mãe
Eu sou sua mãe
Não está me ouvindo falar com você
Não está ouvindo sua mãe falar com você
Não está vendo que a sua mãe
está bem na sua frente
Pausa muito breve
Mas então pelo menos olhe para mim
Mesmo sem dizer nada
pelo menos
olhe para mim
Pausa longa

PRIMEIRO JOVEM
erguendo o rosto na direção do segundo jovem
Faz mesmo muito tempo desde a última vez que nos vimos
Nem lembro mais quando foi
mas acho que deve ter sido anos atrás

SEGUNDO JOVEM
erguendo o rosto
Tempo demais sim
com certeza anos
Não consigo lembrar
da última vez que nos vimos
Pausa. Ambos olham para baixo

PRIMEIRA VELHA
Para o primeiro jovem
Mal consigo acreditar que logo hoje
neste exato instante por assim dizer
tenhamos esbarrado um no outro
Pausa muito breve
E por mais que muito tempo tenha passado
você não mudou quase nada
Continua o mesmo
igualzinho como era
Pausa. Entra a segunda velha, ela é quase idêntica à primeira velha, elas vestem roupas idênticas e assim por diante. Ela olha para a primeira velha

SEGUNDA VELHA
para a primeira velha
Mas que bom rever você
Por onde andou durante todo esse tempo

Pausa muito breve
Não ouvi nadinha de você
nem uma palavra
Pausa muito breve
Você bem que poderia ter me dado
um sinal de vida
como se diz por aí
Pausa breve
Antes sempre estávamos juntas
mas agora
sim agora faz muito tempo
que nem ouvia falar de você
nem uma só notícia
Pausa muito breve
Você poderia ter me ligado
ou me enviado uma carta
um cartão-postal que fosse
Pausa breve
Mas não ouvi falar nada de você
Nadinha
Pausa

PRIMEIRA VELHA
para o primeiro jovem
E fiquei tão aflita por sua causa
acho que você pode imaginar o quanto
pausa muito breve
imagine só simplesmente desaparecer
e ficar ausente por tanto tempo
pausa muito breve
ainda mais sem dizer a ninguém
onde estava

nem o que estava se passando
Ela vira e se afasta um pouco do primeiro jovem. A segunda velha vai na direção dela

SEGUNDA VELHA
para a primeira velha
Mas agora estou feliz
por enfim nos vermos de novo
por enfim nos reencontrarmos

PRIMEIRA VELHA
Sim finalmente
Fazia tanto tempo que não nos víamos
Pausa
Mas o que você está fazendo aqui

SEGUNDA VELHA
Nem me fale
Eu é que deveria perguntar
o que você está fazendo aqui
Porque eu
eu venho aqui com muita frequência
é estou aqui quase todo dia
É você
e não eu
que nunca aparece por aqui

PRIMEIRA VELHA
Eu venho aqui com frequência
E sendo assim não faz muito tempo
desde que nos vimos pela última vez
Pausa muito breve

Acho que talvez você não
interrompendo-se

SEGUNDA VELHA
Não talvez não
Pausa breve

PRIMEIRA VELHA
Não faz muito tempo
desde que nos vimos pela última vez
Eu tenho essa impressão
de que sempre esbarramos uma na outra
Pausa muito breve
Como se fosse assim quase o tempo inteiro
O primeiro velho entra, hesita, fica parado e olha para baixo. Pausa. O segundo velho entra, hesita, também fica parado e olha para baixo. Os dois homens são quase idênticos, vestem roupas idênticas e assim por diante. Pausa. O primeiro jovem ergue o rosto e se aproxima do segundo jovem

SEGUNDO JOVEM
erguendo o rosto
E você vendeu muitos quadros
na sua última exposição

PRIMEIRO JOVEM
Vendi
pausa muito breve
vendi muitos até

SEGUNDO JOVEM
perguntando
Todos

PRIMEIRO JOVEM
Não todos não
Pausa breve
Você vende todos os quadros
quando faz uma exposição

SEGUNDO JOVEM
Acontece
Quer dizer já aconteceu
Mas não é tão frequente

PRIMEIRO JOVEM
No passado era mais frequente
eu conseguia vender todos os quadros

SEGUNDO JOVEM
Eu também
Pausa breve
Mas isso mudou

PRIMEIRO JOVEM
Era um pouco mais simples
vender quadros antigamente

SEGUNDO JOVEM
É
Pausa. Ambos olham para baixo. A primeira velha se aproxima do primeiro jovem

PRIMEIRA VELHA
para o primeiro jovem
Mas foi bom

finalmente nos encontrarmos
Pausa breve
Apesar de tudo eu sou sua mãe
E você é meu filho
A segunda velha vai até o segundo jovem

SEGUNDA VELHA
para o segundo jovem
Sim você é o meu filho
E é bom ver você de novo

PRIMEIRA VELHA
para o primeiro jovem
Você é o meu único filho

SEGUNDA VELHA
para o segundo jovem
Você é o meu único filho
Eu só tive você

PRIMEIRA VELHA
para o primeiro jovem
E então quase nunca vejo você
Não consigo
pausa muito breve
não consigo nem lembrar
quanto tempo faz
desde que nos vimos pela última vez
Pausa longa. A primeira velha olha para a segunda velha
E você está bem

SEGUNDA VELHA
Tudo na mesma

PRIMEIRA VELHA
Comigo também

SEGUNDA VELHA
Nós duas envelhecemos bastante

PRIMEIRA VELHA
Nos tornamos duas velhotas

SEGUNDA VELHA
É mesmo

PRIMEIRA VELHA
É não é que é assim
que esta vida é
Pausa muito breve
a gente envelhece

SEGUNDA VELHA
É mesmo
todos vamos envelhecendo
Pausa. Os dois velhos se entreolham, olham para baixo. Pausa. Eles voltam a erguer o rosto, lentamente começam a caminhar um em direção ao outro, param, se entreolham

PRIMEIRO VELHO
Então nos encontramos novamente
Pausa breve
Faz um bom tempo desde a última vez

SEGUNDO VELHO
Faz sim

pausa muito breve
os anos passam

PRIMEIRO VELHO
Nem me fale
Pausa
Mas de vez em quando
acontece
de você e eu nos encontrarmos

SEGUNDO VELHO
Como sempre fizemos

PRIMEIRO VELHO
Desde que éramos jovens

SEGUNDO VELHO
Sempre nos encontramos
Pausa
E com
com a sua mulher
tudo na mesma

PRIMEIRO VELHO
Sim
Pausa
E com a sua também

SEGUNDO VELHO
Tudo como antes
E é melhor que seja assim

PRIMEIRO VELHO
Decerto que é
Pausa. Eles se afastam um pouco, aprumam o corpo, olham para baixo. A primeira velha vai até o primeiro velho, para diante dele

PRIMEIRA VELHA
Sabe
pausa muito breve
sabe
que esbarrei com nosso filho hoje
Faz tempo que não o vemos
Pausa muito breve
Tanto tempo
que já nem lembro direito
quanto tempo faz
pausa muito breve
acho que deve ser
coisa de anos
Pausa. A segunda velha caminha até o segundo velho

SEGUNDA VELHA
Você não vai acreditar
é quase inacreditável mesmo
mas hoje esbarrei no nosso filho
foi tudo inesperado
pausa muito breve
e acho que tanto ele quanto eu
ficamos surpresos
chegamos a tomar um susto
quando nos vimos novamente
depois de tanto tempo
Pausa muito breve

Sim não é incrível
Eu não o via há anos
e então
de repente
esbarramos um no outro
Foi tão bom revê-lo
Pausa muito breve
Quase cheguei a achar
que nunca mais iria
vê-lo novamente nesta vida
Pausa muito breve
Foi tão bom
pausa muito breve
nem sei como me expressar direito
Pausa breve
O que você acha
Não é incrível
Fiquei tão feliz
Nunca achei que fosse acontecer
Quer dizer que eu fosse revê-lo
pausa muito breve
e hoje
justo hoje
pois é justo hoje aconteceu

PRIMEIRA VELHA
para o primeiro velho
Foi uma pena você não estar lá
Porque foi tão bom revê-lo
rever nosso filho
Pausa muito breve
Depois de passados tantos anos

Pausa muito breve
Mas ele não quis
falar comigo
pausa muito breve
não me dirigiu uma só palavra

SEGUNDA VELHA
para o segundo velho
Mas parece que ele não ficou feliz de me ver
Foi como se ele não quisesse me encontrar de novo
pausa breve
pelo jeito ele só se importa
com aquelas pinturas dele
pelo visto é só com isso
que ele se preocupa
Pausa muito breve
O que você acha
Pausa muito breve
Não vai falar nada
Não fique aí assim
Fale alguma coisa
Pausa longa. Ela permanece em pé olhando para o segundo velho, ele ergue o rosto, vira e se afasta dela, vai em direção ao primeiro velho

SEGUNDO VELHO
Pelo jeito nunca vamos largar
um do outro

PRIMEIRO VELHO
erguendo o rosto
Parece que não mesmo

SEGUNDO VELHO
É assim que é

PRIMEIRO VELHO
Acho que você pode dizer que sim
Pausa

SEGUNDO VELHO
Até que a morte
nos separe
como dizem por aí

PRIMEIRO VELHO
Calma calma
Pausa
Ainda temos muitos anos pela frente

SEGUNDO VELHO
Sim
sim talvez tenhamos
Pausa longa. O primeiro velho vai em direção ao primeiro jovem

PRIMEIRO VELHO
para o primeiro jovem
É tão bom ver você de novo
Pausa muito breve
Faz tanto tempo que
não conversamos
pausa muito breve
com certeza uns bons anos
pausa muito breve
precisamos pôr a conversa em dia

você e eu
pai e filho
agora que finalmente nos encontramos
Pausa muito breve. O segundo velho vai até o segundo jovem

SEGUNDO VELHO
Aí está você
Finalmente você está aí
É tão bom revê-lo
Afinal eu sou seu pai
E sim
pausa muito breve
nem preciso dizer que eu
pausa muito breve
quer dizer sinto falta
de falar um pouco com você
ouvir como vão as coisas
pausa muito breve
ver você um pouquinho

PRIMEIRO VELHO
para o primeiro jovem
E você não pode
me dizer alguma coisa
pausa muito breve
conversar um pouco comigo
dizer alguma coisa para mim

SEGUNDO VELHO
para o segundo jovem
E você não pode dizer alguma coisa
pausa muito breve

falar um pouco comigo
dizer alguma coisa
Pausa longa. O primeiro velho e o segundo velho caminham em direção um ao outro

PRIMEIRO VELHO
Pelo jeito ele não quer falar comigo

SEGUNDO VELHO
Não ele não quer

PRIMEIRO VELHO
Que pena
E não sei por que
ele não quer isso

SEGUNDO VELHO
Sim é verdadeiramente uma pena
sim é triste
Pausa

PRIMEIRO VELHO
Mas ele sempre foi mais de se isolar
sim desde pequeno
quer dizer desde que era criança

SEGUNDO VELHO
Ele sempre foi mais reservado

PRIMEIRO VELHO
Ele ficava sozinho desenhando
quando era pequeno

SEGUNDO VELHO
Sim ele ficava
Pausa. O primeiro jovem ergue o rosto, vai até o segundo jovem, para diante dele

PRIMEIRO JOVEM
Pelo jeito nunca vamos largar um do outro

SEGUNDO JOVEM
erguendo o rosto
Parece que não
Pausa breve
Vai demorar até você
fazer sua exposição

PRIMEIRO JOVEM
Mas eu não acabei de lhe contar

SEGUNDO JOVEM
Não eu não lembro

PRIMEIRO JOVEM
Talvez eu não tenha contado
Pausa breve
Vamos tomar uma bebidinha

SEGUNDO JOVEM
Seria bacana

PRIMEIRO JOVEM
Sim não seria

SEGUNDO JOVEM
Exatamente como nos velhos tempos
Pausa. Ambos olham para baixo. A primeira velha vai até a segunda velha

PRIMEIRA VELHA
Eu falo com ele
mas ele não responde
Pausa muito breve
Ele podia ao menos responder
agora que eu finalmente
o encontrei
pausa muito breve
mas o que eu estou dizendo afinal
pausa muito breve
o encontrei
pausa breve
não é certo falar assim
era melhor ter dito
agora que eu finalmente esbarrei nele
ou algo parecido

SEGUNDA VELHA
Sim porque foi mais um esbarrão
Mas ele ainda está aqui
Ela aponta para o segundo jovem
Quem sabe eu não devesse tentar
falar com ele de novo

PRIMEIRA VELHA
Sim eu quero falar com ele
conversar com ele

SEGUNDA VELHA
É eu
pausa muito breve
eu não perco nada se tentar

PRIMEIRA VELHA
Não é possível que eu não possa falar com o meu próprio filho
pausa muito breve
e ele tem que responder
quando eu falar com ele
A primeira velha vai em direção ao primeiro jovem
Mas que coisa
triste
agora que acabamos de nos encontrar
depois de tantos anos
e nós
sim nós não
interrompendo-se, pausa breve
você bem que podia vir comigo até em casa
ou algo assim
pausa breve
posso preparar um jantar gostoso para nós
Posso fazer a comida que você mais gostava
quando era criança
pausa muito breve
e eu acho
quer dizer tenho certeza quase
que você ainda gosta bastante
pausa muito breve
e então podemos conversar
sobre os anos que se passaram
e sobre o que aconteceu

não que comigo
tenha acontecido exatamente muita coisa
mas alguma coisa
sim alguma coisa aconteceu
pausa muito breve
e com você
com certeza também
mas por que estou falando assim agora
pausa muito breve
ou
interrompendo-se. A primeira velha se afasta um pouco do primeiro jovem. Pausa

SEGUNDA VELHA
se aproxima do segundo jovem
Fiquei tão feliz em ver você
assim de surpresa
de repente esbarramos um no outro
e então não podemos simplesmente
nos despedir sem mais nem menos
pausa muito breve
fica uma coisa
tão sem sentido
Pausa breve
quer dizer é só uma expressão
pausa muito breve
sem sentido
pausa muito breve
mas você bem que poderia
vir comigo até em casa
pausa muito breve
ou talvez pudéssemos
também

nos encontrar
ou melhor
ir a um restaurante
pausa muito breve
jantar juntos
beber algo juntos
pausa muito breve
fazer alguma coisa juntos
algo assim
Pausa
Venha então
Venha comigo
e vamos juntos até em casa
Pausa muito breve
Vai ser legal
sim podemos conversar sobre os velhos tempos
ri um pouco
lembrar de quando você era pequeno
e foi crescendo
de como você gostava de pescar
desse tipo de coisa
pausa muito breve
tem tanta coisa
pausa muito breve
é coisa
coisa também é só uma palavra
mas sim tem coisas sobre as quais podemos falar
Pausa
Venha então
Não podemos só ficar aqui
pausa muito breve
não que esteja tão frio

mas mesmo assim
Pausa muito breve
Venha então
Venha comigo
Pausa. A segunda velha se afasta um pouco do segundo jovem. Pausa breve. A primeira velha e a segunda velha vão em direção uma à outra

SEGUNDA VELHA
É muito triste
isso de ele não
pausa muito breve
nem mesmo me responder
e só ficar ali parado
sem dizer nada
Pausa breve

PRIMEIRA VELHA
Ele não fala comigo
nem uma palavra
uma só palavra que seja
Ele bem que poderia
ao menos me responder
dizer alguma coisa
sim só dizer
qualquer coisa que fosse
tanto faz
só falar
interrompendo-se. Pausa. A primeira velha vai em direção ao primeiro jovem. Para o primeiro jovem
E não é que o seu cabelo ficou
um pouco grisalho

pausa muito breve
talvez até esteja bem grisalho
pausa muito breve
não tinha como ser diferente
já que faz tanto tempo que não nos víamos
Pausa breve
Mas ainda é um pouco estranho ver
o quanto seu cabelo ficou grisalho
acho que eu posso falar assim
acho que não tem problema se eu comentar
não é
Pausa
Mas por que você nunca olha
na minha direção
estou esperando por você
pausa muito breve
sim porque você há de compreender
que é meu filho
sim o meu único filho
pausa breve
se ao menos eu tivesse tido outros filhos mas
interrompendo-se, pausa breve
ou talvez não
talvez tenha sido melhor
não ter tido mais filhos
talvez um filho só
já seja mais do que suficiente
pausa muito breve
sim pode até parecer que eu
bem que eu não
estivesse preparada para ter filhos
Pausa

SEGUNDA VELHA
para o segundo jovem
Ou talvez eu tenha feito algo de errado
ou sido ruim para você
de alguma maneira
pausa muito breve
quando você era criança
eu quero dizer
pausa muito breve
que mal posso ter feito
sim fazemos coisas ruins
pausa breve
mas será que você não pode responder
só dizer alguma coisa
basta dizer sim ou não
nada além disso
só isso
só sim
só não
é tudo o que você precisa dizer
Pausa breve

PRIMEIRA VELHA
para o primeiro jovem
E eu lembro de você sempre tão risonho
quando era pequeno
passava o tempo todo rindo
e brincando
sempre entretido com alguma coisa
Pausa

SEGUNDA VELHA
para o segundo jovem

E quando era pequeno
ah você era tão alegre
tão sorridente
pausa muito breve
lembro de você
como se fosse hoje
lembro de você muito feliz
numa véspera de Natal
quando ganhou um carrinho que tanto queria
pausa muito breve
lembro muito bem
daquele carrinho
era verde
ele era verde e bem grande
e você adorava o carrinho
você brincava tanto com ele
eu lembro
pausa muito breve
você também lembra não
Pausa

PRIMEIRO VELHO
erguendo o rosto, vai até o primeiro jovem
E as nossas pescarias
pausa muito breve
nas tardes de verão quando saíamos no barco
e ficávamos lá lançando os anzóis até escurecer
pausa muito breve
se pegávamos ou não um peixe
não importava
não queria dizer nada
pausa breve

ficávamos lá quietinhos
sem dizer nada
passávamos horas eu acho sentados
apenas sentados lá em silêncio
admirando a paisagem
e esperando
talvez até um peixe viesse beliscar
pausa muito breve
nunca dava para saber
pausa
só as montanhas o mar o barco
pausa muito breve
e nós dois

SEGUNDO VELHO
erguendo o rosto, vai até o segundo jovem
Passávamos horas no barco
naquelas noites claras de verão
até começar a escurecer
pausa muito breve
e depois
sim depois remávamos para a terra firme
sim naturalmente
sim você lembra não
pausa breve
não é gostoso ter essa lembrança
pausa muito breve
quer dizer mas foram tantas coisas
que aconteceram desde então
que talvez até ofusquem
todo o resto
pausa breve

mas você não quer dizer o que é
pausa breve
quer ficar remoendo isso sozinho
pausa muito breve
e tudo bem pode ser assim também
Pausa

PRIMEIRO VELHO
para o primeiro jovem
Ninguém precisa falar sobre tudo
pausa muito breve
sobre muitas coisas
é melhor calar mesmo
ficar em silêncio sim
pausa breve
não sei o que é
mas algo errado
deve ter acontecido
de uma forma ou de outra
pausa muito breve
e se houve algo errado
tudo o que eu posso fazer
é pedir desculpas por isso
pausa muito breve
acho que posso dizer
que não foi essa a intenção
pausa muito breve
nem a sua mãe nem eu nunca lhe quisemos mal
disso você pode ter absoluta certeza
Pode acreditar em mim
Pausa muito breve
E sim

se houve alguma coisa de errado
eu lhe peço mil desculpas

SEGUNDO VELHO
para o segundo jovem
Um pouco entusiasmado
Eu ainda tenho o barco
pausa muito breve
e cuidei muito bem dele
lubrifico e pinto o casco quando chega a primavera
ali pertinho da Páscoa
pausa muito breve
pois é talvez você lembre
que era nessa época que eu fazia os reparos no barco
pausa muito breve
e quando você era pequeno você sempre me ajudava
a cuidar dele
claro que você lembra
pausa breve
e mais tarde quando a primavera firmava
eu punha o barco na água
isso eu fazia sozinho
mas você lembra
tem essa memória
de quando era pequenininho
sempre me ajudando a levar o barco até a água
E você ajudava mesmo
Pausa breve
Mas isso eu consigo fazer sozinho
não
não estou me queixando
apesar disso sua ajuda vinha bem a calhar

eu digo de bom grado
e fico feliz por isso
pausa muito breve
e também no outono
quando era hora de recolher o barco
você sempre ajudava
pausa muito breve
eu consigo fazer sozinho
até consigo
mas simples também não é
pausa muito breve
porque agora os anos pesam
e já não tenho as forças que um dia tive
pausa muito breve
então até pensei que talvez tenha chegado a hora
de deixar o barco de lado
deixá-lo quieto na casa de barcos
pausa breve
sim eu pesquei tudo o que podia pescar
sim meu tempo no mar já deu o que tinha que dar
pausa muito breve
mas por que estou aqui
mencionando essas coisas
sobre o barco
sobre a pesca
pausa muito breve
ora como se não houvesse coisas mais importantes
para falar
pausa muito breve
justo agora que finalmente nos reencontramos
eu fico aqui falando de pescaria
Pausa breve

PRIMEIRO VELHO
para o primeiro jovem
Mas me diga então
pausa muito breve
como vão as coisas
como você está
como tem passado
todos esses anos
pausa muito breve
está tudo bem
está tudo como antes
pausa muito breve
mas como é que eu posso falar assim
pausa muito breve
pois nada pode ser como antes
depois de tanto tempo que passou
tantos dias
semanas meses
e anos
pausa breve
mas você não tem nada a dizer
pausa breve
quer dizer você nunca foi tanto de falar
não foi isso que eu quis dizer
pausa muito breve
mas seria muito bom
se pudesse dar uma passada em casa um dia
pausa muito breve
digo de verdade que não lembro
a última vez que você esteve em casa
Pausa longa. O primeiro velho e o segundo velho caminham em direção um ao outro. Eles aprumam o corpo, ficam parados e olham para baixo

PRIMEIRA VELHA
para a segunda velha
É tão difícil sentir saudades de alguém
pausa muito breve
sim é como se essa pessoa tivesse partido
mesmo ainda estando viva
pausa muito breve
sim como se tivesse morrido
sim como se fosse um morto

SEGUNDA VELHA
Sim é como se fosse
um morto
Exatamente assim
como se se tratasse de um morto
pausa muito breve
de certa maneira, como se não conseguíssemos separar
os vivos dos mortos
visto assim é como se a pessoa
tivesse morrido de verdade
Pausa

PRIMEIRA VELHA
olhando para frente
É assim mesmo
sim devemos ficar juntos
nós humanos somos feitos assim
de certa maneira um filho pertence à própria mãe
pausa muito breve
ou a mãe pertence ao filho
pausa muito breve
ora que coisa mais estúpida de dizer

pausa muito breve
porque ninguém consegue se haver sozinho
é desse jeito que as coisas são
pausa muito breve
desde a hora que se nasce até a hora que se morre
desde o berço até a cova
precisamos uns dos outros
Pausa breve

SEGUNDA VELHA
olhando para frente
E é esse intervalo
a que chamamos vida
é nele que precisamos uns dos outros o tempo inteiro
pausa muito breve
sim todos os dias
Pausa breve
Quem é sozinho
pausa muito breve
não é ninguém
pausa muito breve
acho que posso afirmar
Pausa breve
Que ser sozinho é
como não existir
pausa muito breve
é num certo sentido igual a estar morto
Pausa longa

PRIMEIRO VELHO
erguendo o rosto, olha para frente
Eu compreendo que ele queira ficar só

pausa muito breve
mas quem é que não quer
pausa muito breve
eu mesmo queria estar só
quando não podia estar só
é eu não teria conseguido viver
pausa muito breve
é porque para mim os outros
sempre os outros
eram a morte
pausa muito breve
quer dizer não eles em si
pausa muito breve
não claro que não
pausa muito breve
mas os outros
cada um
alguns
muitos
sim os outros o tempo inteiro
não eu simplesmente não conseguia
não aguentava
não suportava
Pausa muito breve
Os outros são a morte
pausa breve
de certo modo é o que são
pausa muito breve
então eu entendo
que ele queira ficar só
Pausa. Ele olha para baixo

SEGUNDO VELHO
erguendo o rosto, olha para frente
Não temos que nos encontrar com tanta frequência
ainda que ele seja meu filho
pausa muito breve
mas de vez em quando
bem que podemos nos ver
pausa breve
mas ele não precisa
não tem essa obrigação
não temos que nos encontrar
não temos que fazer isso
pausa muito breve
mas enquanto estivermos vivos
interrompendo-se, pausa muito breve
quer dizer
bem que podemos nos ver
bater um papo
pausa muito breve
pois mais cedo ou mais tarde
pausa muito breve
bem talvez não tão tarde
então
pausa muito breve
sim um de nós vai ter partido
e depois
interrompendo-se. Pausa breve
É simplesmente desse jeito que é
Pausa breve
Mas como eu posso falar assim
pausa muito breve
porque isso

sim todo mundo já sabe de tudo
isso é óbvio
pausa muito breve
e talvez
quando digo coisas tão óbvias
não há um motivo por trás
para alguém querer me ver
para ele querer falar comigo
mesmo eu sendo o pai dele
Pausa. Ele olha para baixo

PRIMEIRA VELHA
para a segunda velha
Não sei se ainda
aguento isso

SEGUNDA VELHA
Você não é obrigada a ficar aqui
Pode ir
sim pode ir
vá agora mesmo

PRIMEIRA VELHA
Mas eu não quero ir

SEGUNDA VELHA
Mas você faça então
como quiser

PRIMEIRA VELHA
Eu não posso dar as costas ao meu filho
o único filho que tive
Pausa longa

PRIMEIRO VELHO
erguendo o rosto na direção do segundo velho, que também ergue o rosto
Acho que isso já demorou
tempo suficiente
pausa muito breve
agora eu preciso
sim também quero ficar um pouco sozinho
preciso de um pouco de solidão

SEGUNDO VELHO
Eu compreendo muito bem
Pois quem
não gostaria

PRIMEIRO VELHO
Mas não posso eu acho
pausa muito breve
simplesmente abandonar o meu filho

SEGUNDO VELHO
Faça como quiser
Depende só de você
Pausa. Ambos olham para baixo

PRIMEIRO JOVEM
erguendo o rosto
Para o segundo jovem
Não suporto isso
Não aguento nem olhar
para a minha mãe nem para o meu pai

SEGUNDO JOVEM
erguendo o rosto
Mas por que não

PRIMEIRO JOVEM
Não sei dizer
Não sei por quê

SEGUNDO JOVEM
Não
não claro que não
pausa muito breve
porque não existe uma razão específica
Simplesmente é assim que é
pausa muito breve
claro que sim

PRIMEIRO JOVEM
Então acho melhor eu ir

SEGUNDO JOVEM
Sim pode ir
pausa muito breve
ora se é isso que você quer
sim se é assim que você quer que seja
Pausa. Ambos olham para baixo

PRIMEIRA VELHA
olhando para frente
A solidão é boa companhia
até ter se demorado o suficiente
pausa muito breve

mas depois
depois ela se transforma no oposto
depois ela se torna a sua pior inimiga
pausa breve
é como costumam dizer
pausa breve
porque depois já não há mais ninguém
pausa muito breve
sim só há
um nada vazio
Pausa

PRIMEIRO VELHO
erguendo o rosto, olha para frente
Os outros todos
sim eles me pressionam
eles se agarram ao meu corpo
eles dificultam até a minha respiração
até isso
pausa muito breve
porque todos querem tanto
pausa breve
não suporto mais os outros
estou farto deles
Pausa. Ele olha para baixo

PRIMEIRO JOVEM
erguendo o rosto na direção do segundo jovem
Por que nunca posso ter paz
Pausa breve

SEGUNDO JOVEM
erguendo o rosto
Sempre eles infernizando

PRIMEIRO JOVEM
Só aborrecimento e nada mais
Desde que eu era pequeno
A minha mãe
interrompendo-se, imita
não
não faça isso
não é assim
pausa muito breve
assim está certo
pausa muito breve
e o meu pai
pausa muito breve
mudo como sempre é claro
Pausa

SEGUNDO JOVEM
Mas foi bom que nos reencontramos

PRIMEIRO JOVEM
Sim foi uma coincidência e tanto
Pausa muito breve
E você continua
sozinho

SEGUNDO JOVEM
E sozinho eu

pausa muito breve
provavelmente ficarei

PRIMEIRO JOVEM
Acho que sim

SEGUNDO JOVEM
Sempre foi assim

PRIMEIRO JOVEM
Foi mesmo

SEGUNDO JOVEM
E eu me sinto bem sozinho

PRIMEIRO JOVEM
Eu também
Pausa breve
Tudo corre bem e ninguém
vem dar as caras e
interrompendo-se

SEGUNDO JOVEM
E se intrometer

PRIMEIRO JOVEM
Se intrometer
pausa muito breve
pois é na minha vida
pausa muito breve
de supetão
De repente lá vem um ou outro

SEGUNDO JOVEM
É mesmo de supetão

PRIMEIRO JOVEM
Completamente de supetão
Pausa. Ambos olham para baixo. O primeiro velho e o segundo velho erguem o rosto vão em direção ao primeiro jovem e ao segundo jovem

PRIMEIRO VELHO
para o primeiro jovem
Quem sabe você não queira vir comigo em casa
Pausa muito breve
Eu posso preparar um jantar gostoso
pausa muito breve
alguma coisa de que você goste
Pausa muito breve
E acho até que sei o quê

SEGUNDO VELHO
para o segundo jovem
Ou podemos ir a um restaurante
Eu pago a conta é claro
Talvez beber alguma coisinha
Pausa muito breve
Sim porque você tem
um bom gosto para vinhos
pausa muito breve
ou só uma cervejinha
Pausa. O primeiro jovem ergue o rosto e se afasta do primeiro velho, e o segundo jovem ergue o rosto e se afasta do segundo velho, lentamente eles começam a ir embora

PRIMEIRO JOVEM
para o segundo jovem
Por que eu não posso
simplesmente ter um pouco de paz

SEGUNDO JOVEM
Você vai conseguir ter um pouco de paz
Pausa

PRIMEIRO VELHO
indo atrás do primeiro jovem
Não vá
Você não pode simplesmente ir embora

SEGUNDO VELHO
indo atrás do segundo jovem
Você não vai embora
não pode ir
ora só responda alguma coisa
ora só diga alguma coisa
Pausa

PRIMEIRO JOVEM
para o segundo jovem
Não quero nada com ele
com o meu pai
não quero nada

SEGUNDO JOVEM
E ele não percebe
pausa muito breve
sim me dar um pouco de paz

PRIMEIRO JOVEM
Só quero ficar sozinho
ficar em paz
Pausa

PRIMEIRO VELHO
para o segundo velho
Está bem
pausa muito breve
está bem não há mais nada a fazer
a não ser ir

SEGUNDO VELHO
É ele não quer nada comigo
com o próprio pai
não quer
é ele não quer nada comigo e pronto

PRIMEIRO VELHO
Mas não entendo por quê
Pausa muito breve
Não sei o que fiz de errado
o que eu fiz

SEGUNDO VELHO
indo atrás do segundo jovem
Acho que não precisamos ter
muito a ver um com o outro
mas se você não quiser então
pausa
pois bem
pausa muito breve

então eu quero apenas
lhe desejar tudo de bom

PRIMEIRO VELHO
indo atrás do primeiro jovem
Só quero lhe desejar tudo de bom
Pausa breve
Sim fique bem
Eu lhe desejo tudo de bom
O primeiro velho e o segundo velho caminham, aprumam o corpo, ficam parados e olham para baixo

PRIMEIRA VELHA
indo atrás do primeiro jovem
Você não pode simplesmente ir embora

SEGUNDA VELHA
indo atrás do segundo jovem
Eu sou a sua mãe
Pausa muito breve
Por mais que queira
você não pode fugir da sua mãe
Pausa

PRIMEIRA VELHA
para a segunda velha
Ele não pode simplesmente ir embora
sem dizer uma única palavra
pausa muito breve
sem nem mesmo se despedir

SEGUNDA VELHA
indo atrás do segundo jovem
Não vá
Espere
Espere por mim

PRIMEIRA VELHA
indo atrás do primeiro jovem
Você não pode simplesmente ir embora
Você não me dirigiu uma única palavra

SEGUNDA VELHA
Espere
Não está percebendo que estou falando
com você
então espere
precisamos ao menos
nos despedir que seja

PRIMEIRA VELHA
Espere um pouco por mim
Pausa. O primeiro velho e o segundo velho erguem o rosto e começam a ir atrás do primeiro jovem e do segundo jovem. Pausa. O primeiro jovem e o segundo jovem param, e todos os demais também

PRIMEIRO JOVEM
É como se nada
fosse real

SEGUNDO JOVEM
Acho que
isso que eles chamam de real

não existe
pausa muito breve
ou pelo menos nunca existiu
para mim

PRIMEIRO JOVEM
Nem para mim

SEGUNDO JOVEM
Não
Pausa breve

PRIMEIRO JOVEM
De certo modo é como se
só as pinturas fossem reais

SEGUNDO JOVEM
É
O primeiro velho e o segundo velho lentamente se vão

PRIMEIRO JOVEM
É estranho
sim que apenas os quadros que eu pinto
sejam
pausa muito breve
sejam
é que só eles me deem
essa sensação
essa sensação
de realidade

SEGUNDO JOVEM
Sim essa impressão
Pausa muito breve
Mas afinal o que isso quer dizer

PRIMEIRO JOVEM
É como se eu tivesse
algo em que pudesse me agarrar
Pausa breve
E sem os quadros
sem as pinturas
pausa muito breve
só resta a solidão
pausa breve
vazia
e imensa e acachapante

SEGUNDO JOVEM
A solidão vazia
pausa muito breve
longe da realidade
pausa muito breve
é sem os quadros
sem as pinturas
tudo não passa de uma solidão vazia
pausa muito breve
longe da realidade

PRIMEIRO JOVEM
A solidão vazia
Pausa muito breve

A realidade vazia
Pausa muito breve

SEGUNDO JOVEM
Pausa muito breve
Mas de certo modo
interrompendo-se. A primeira velha e a segunda velha começam a sair lentamente. Pausa
mas de certo modo ao mesmo tempo
é como se
pinturas
quadros
sejam o que faz essa solidão tão imensa
pausa muito breve
e o que nos mantêm
apartados da realidade

PRIMEIRO JOVEM
É
pausa muito breve
mas sem a pintura
eu sei muito bem
sem os quadros
tudo o que resta é a solidão vazia
E sendo assim a realidade já não existe
Pausa. O primeiro jovem e o segundo jovem saem lentamente. Pausa

Luzes se apagam

A marca FSC® é a garantia de que a madeira utilizada na fabricação do papel deste livro provém de florestas gerenciadas de maneira ambientalmente correta, socialmente justa e economicamente viável e de outras fontes de origem controlada.

Copyright © Dikt i samling, Det Norske Samlaget, 2021
Publicado em acordo com Winje Agency and Casanovas & Lynch Literary Agency
Copyright da tradução © 2024 Editora Fósforo

NORLA
Norwegian
Literature Abroad

Esta tradução foi publicada com o apoio financeiro da NORLA, Norwegian Literature Abroad.

Todos os direitos reservados. Nenhuma parte desta obra pode ser reproduzida, arquivada ou transmitida de nenhuma forma ou por nenhum meio sem a permissão expressa e por escrito da Editora Fósforo.

Títulos originais: *Nokon kjem til å kome, Namnet, Eg er vinden, Einkvan*

DIRETORAS EDITORIAIS Fernanda Diamant e Rita Mattar
EDITORA Eloah Pina
ASSISTENTE EDITORIAL Rodrigo Sampaio
PREPARAÇÃO Mariana Donner
REVISÃO Adriane Piscitelli e Andrea Souzedo
DIRETORA DE ARTE Julia Monteiro
CAPA Denise Yui
PROJETO GRÁFICO Alles Blau
EDITORAÇÃO ELETRÔNICA Página Viva

Dados Internacionais de Catalogação na Publicação (CIP)
(Câmara Brasileira do Livro, SP, Brasil)

Fosse, Jon
  Vai vir alguém e outras peças / Jon Fosse ; organização Claudia Soares Cruz ; tradução Leonardo Pinto Silva. — 1. ed. — São Paulo : Fósforo, 2024.
  Títulos originais: Nokon kjem til å kome. Namnet. Eg er vinden. Einkvan.
  ISBN: 978-65-6000-056-8
  1. Teatro norueguês I. Cruz, Claudia Soares II. Título.

24-223119   CDD — 839.822

Índice para catálogo sistemático:
1. Teatro : Literatura norueguesa   839.822
Aline Graziele Benitez — Bibliotecária — CRB-1/3129

Editora Fósforo
Rua 24 de Maio, 270/276, 10º andar, salas 1 e 2 — República
01041-001 — São Paulo, SP, Brasil — Tel: (11) 3224.2055
contato@fosforoeditora.com.br / www.fosforoeditora.com.br

Este livro foi composto em GT Alpina e
GT Flexa e impresso pela Ipsis em papel
Golden Paper 80 g/m² para a Editora
Fósforo em setembro de 2024.